Ludwig Tieck
Denkwürdige Geschichtschronik der Schildbürger

Ludwig Tieck
Denkwürdige Geschichtschronik der Schildbürger

1.Aufl.
Taschenbuch – Literatur - Klassiker
Herausgeber Frank Weber, Marburg
Bibliografische Information der Deutschen Nationalbibliothek:
Die Deutsche Nationalbibliothek verzeichnet diese Publikation in der Deutschen
Nationalbibliografie; detaillierte bibliografische Daten sind im Internet abrufbar über
http://dnb.dnb.de
© 2021 Ludwig Tieck
ISBN 9783754324516
Herstellung und Verlag: BoD – Books on Demand, Norderstedt

Ludwig Tieck.
Denkwürdige Geschichtschronik
der
Schildbürger,
in zwanzig lesenswürdigen Kapiteln.
1796.

Inhalt

Caput I.

Einleitung des Verfassers. – Geographische Nachrichten. –
Beschreibung der Einwohner.

Es ist sonder Zweifel für den Menschen ein sehr interessantes Studium, zu sehn und zu erfahren, was sich vor seiner Zeit in der Welt zugetragen hat, um nach den verschiedenen Vorfällen in der alten Welt die Begebenheiten seines Zeitalters beurtheilen zu lernen. Die Wissenschaft der Geschichte ist eben darum von je sehr hochgeachtet worden, so daß man von ihr sogar behauptet hat, sie könne den Staatsmann, so wie den Kriegshelden erziehn; aber auch für den, der in keiner von diesen Laufbahnen groß zu werden denkt, sondern nur zum Nutzen seines Geistes die Begebenheiten aus einer ruhigen und sichern Ferne beschauen will, ist es angenehm, in denen Sachen, die in der Welt vorgefallen sind, nicht unwissend zu bleiben.

Darum sind von je an billig die Männer geachtet worden, die ihre Zeit und Arbeit darauf verwandten, Begebenheiten zu sammeln, um sie dem Verstande des Lesers in einer zierlichen und klugen Ordnung vorzuführen. Auch können wir in unserm Zeitalter nicht klagen, daß es uns ganz und gar an Geschichtsbüchern mangle, wenn der Mensch deren gleich nie genug erhalten kann, und noch manche Lücken auszufüllen wären. Dem Leser ist es vergönnt, alle Nationen genau kennen zu lernen, um von allen Ländern und Städten die Beschreibungen in den Händen zu haben; daneben gebricht es ihm auch nicht an dem nöthigen Räsonnement, sondern wir haben unzählige weitläufige Werke, in denen fast nur geurtheilt wird, und wo die Geschichte selbst nur dem Scharfsinne des Scribenten dient. Es darf sich überdies der Leser nicht über Einseitigkeit der Anschauungen beklagen, denn er kann es häufig inne werden, wie man ohne sonderliche Verdrehung die größten Menschen zu kleinen, so wie die kleinsten zu den größten macht; ein Handgriff, der jetzt in der Geschichte fast nothwendig geworden ist, um den alten, längst bekannten Thaten und Männern wieder den Reiz der Neuheit zu geben, damit wir uns zugleich ergötzen können, indem wir uns um dergleichen alte Historien bekümmern.

Die Vergangenheit ist mit Recht ein Spiegel der Zukunft zu nennen, und deswegen ist schon zum bessern Verständniß der Zeitgeschichte die Kenntniß der alten Welt nützlich. Ich darf mir daher vielleicht einigen Dank von einem großgünstigen Leser versprechen, wenn ich ihm nachfolgende alte, längstvergangene Vorfälle erzähle, indem er dadurch vor der Einseitigkeit bewahrt wird, mit der er sonst gar zu leicht die moderne Weltgeschichte lesen könnte, die in Hamburg, Berlin, Leipzig, Erlangen, Bayreuth u. s. w. wöchentlich in zweien oder dreien kleinen Heften erscheint; ich habe darum auch keine Mühe bei'm Sammeln dieser Nachrichten gescheut.

Ich darf überhaupt in dieser Chronikgeschichte wohl am meisten auf den Beifall des Lesers rechnen, weil es doch viel ehrwürdiger ist, ein Historiograph, als ein Mährchenerzähler zu seyn; ich hoffe daher hier auch diejenigen mit mir zu versöhnen, die wegen der andern Erfindungen vielleicht übel mit mir zufrieden sind. Der Leser hat es auch nur dem Zufall zu danken, daß diese Geschichtsdarstellung in diese Mährchen geräth, für die ich sie anfänglich gar nicht bestimmt hatte, und man erlaube mir, hierüber nur noch ein paar Worte zu sagen.

Wenn man sich einem Beschützer und Gönner empfehlen will, indem man wünscht, bürgerliche Pflichten zu erfüllen, oder ein gutes Auskommen zu erhalten, und man bei einer solchen feierlichen Gelegenheit seinen Verstand zu zeigen wünscht, so wäre es höchst lächerlich, irgend etwas Poetisches hervor zu bringen und es als ein Beglaubigungsschreiben einzureichen. Darum wird auch kein vernünftiger, im kultivirten Staate erzogener Mensch darauf verfallen, den Aufschneider umzuarbeiten, oder den Finkenritter zu elaboriren, wenn er sich zu einer geistlichen oder Civilstelle melden will, denn es sind Mährchen und Possen, und kein Gönner glaubt an den Eulen- spiegel und Aufschneider, selbst dann nicht, wenn er sogar einer von beiden in eigener Person seyn sollte. Die Dankbarkeit des Staats, die Liebe unsrer Mitbürger, das Eingreifen und Mitwirken, das Helfen bei'm Fortschieben des Jahrhunderts, die zunehmende Aufklärung und Humanität, alle diese Sachen, die doch gewiß keine Mährchen sind (weil sonst ja der dankbare Staat keine Gehalte dafür bezahlen würde), wird man nie durch Mährchen erlangen; sondern eben deswegen hat es ja Griechen und Römer gegeben, und deswegen haben so manche

Männer unter ihnen etwas gethan und gelitten, daß man in unsern Zeiten Programme und Disputationen darüber schreiben kann, um Ruhm und Aemter zu erlangen. So wenig es sagen will, ein Gedicht hervorzubringen, so viel hat es zu bedeuten, wenn man eine Abhandlung über ein Gedicht zu verfertigen im Stande ist, und dazu haben wir auch die alten Classiker.

So war ich neulich des unthätigen Lebens überdrüssig geworden, und beschloß also, am Baue des Staates mit Hand anzulegen. Ich hatte einen alten Verwandten von Einfluß, der mich aber schon längst vergessen hatte; darum wollte ich ihm das Gedächtniß auffrischen und ein kleines Buch schreiben, das den Beweis enthalten sollte, wie Nero nichts weniger als ein grausamer Kaiser gewesen sey, sondern im Gegentheil ein sehr gütiger Mann, ein Charakter, der in der Ausbildung zu groß und daher für diese kleine Welt unpassend geworden; unser Zeitalter liebt solche Bücher, und ich hätte mich dadurch vielleicht sehr empfohlen. Nachher wollt' ich von des Caligula Pferde schreiben und davon Gelegenheit nehmen, unser Zeitalter und unsre Bürgermeister zu loben; aber ein guter Freund warnte mich noch zur rechten Zeit und versicherte mich, daß man keinen Spaß verstehe. Ich schwur ihm, es sey mein bitterer Ernst, aber da er am Ende Recht behielt und ich nicht gern für boshaft ausgegeben seyn wolle, so ließ ich auch diese interessante Abhandlung liegen. Doch da ich wußte, daß mein Oheim, als ein rechtschaffener Geschäftsmann, alles Unernsthafte und Poetische verachtete, so mußte ich doch an irgend etwas Gründliches die Hand legen; und so verfiel ich denn auf die Geschichte der Schildbürger, die ich nach allen meinen Kräften auszuarbeiten versucht habe. – Aber kaum war ich mit dem Werke fertig, als mein Oheim starb und ich auch nach bürgerlichen Geschäften zu streben aufhörte; damit aber meine Untersuchungen nicht ganz unnütz seyn sollten, habe ich, um der Welt zu nutzen, einen kleinen Verstoß gegen die Schicklichkeit begangen und diese wahre Geschichte in diese Erfindungen hineingetrieben.

So viel zur Einleitung!

Es fällt mir ganz unmöglich, dem wißbegierigen Leser nur einigermaßen befriedigende Nachrichten über die Geographie dieses Landes, Volksmenge, Anzahl der Feuerstellen u. s. w. zu geben, ob es gleich meine erste Pflicht wäre, denn ich habe davon gar keine Notizen, trotz aller wiederholten Nachforschungen, angetroffen. Der Leser kann sich überhaupt schwerlich vorstellen, welche Schwierigkeiten ich habe überwinden müssen, um ihm gegenwärtige Geschichtserzählung zu liefern, denn die Quellen dazu sind fast alle versiegt und vertrocknet. Ich ließ in den angesehensten Bibliotheken nachsuchen, ich gab vielen Buchhändlern Aufträge, um mir von der Messe dahin einschlagende Bücher mitzubringen, aber Alles vergebens; in den Buchläden selbst war keine Spur eines zu meinem Endzwecke brauchbaren Werkes anzutreffen. Ich ließ mich aber nicht irre machen, sondern besuchte aus reinem Enthusiasmus die Leipziger Messe in eigner Person. Einige unverständige Buchführer wollten mir Schmids Geschichte der Deutschen oder dergleichen aufheften, aber ich merkte bald, daß das nicht einmal Hülfsmittel, viel weniger gute Quellen zu nennen wären. Als ich schon alle Hoffnung aufgegeben hatte, fand ich auf der Straße endlich noch einen kleinen, unansehnlichen Buchhändler sitzen, der aber bei aller seiner wenigen Figur die seltensten Werke feil hatte, die man vergebens in den größern Handlungen suchen wird. Das Exemplar, das ich hier von der Geschichte der Schildbürger antraf, ist daher billig für ein Manuscript zu achten, und aus diesem habe ich auch in der That das Meiste geschöpft. Der kleine Kaufmann erzählte mir unter Thränen, wie sehr er sich wundere, daß ich dergleichen Bücher kaufte, da ich doch wahrscheinlich zu den aufgeklärten Männern gehörte, die jetzt dergleichen Bücher so sehr verachteten und ihnen einen so schlimmen Einfluß auf die Sitten des gemeinen Mannes zuschrieben, daß er bisweilen wohl gar auf den Gedanken gekommen sey, sich für ein verderbliches Mitglied des Staats zu halten. Man suche ja zum Besten der Aufklärung und der Menschheit den Till Eulenspiegel, die Heymonskinder, den gehörnten Siegfried und dergleichen Bücher durch andere neuere, ungemein abgeschmackte, zu verdrängen; es stehe, fuhr er fort, zu befürchten, daß man ihn nächstens als einen Sittenverderber über die Grenze bringen würde, so wie er prophezeite, daß man diese Volksgeschichten mit der Zeit den Bauern so gut mit Gewalt wegnehmen würde, wie das Schießgewehr.

Ich wußte auch um diese Projekte, und hatte schon oft gelesen, wie jeder unbeholfene Schriftsteller in neugedruckten Büchern jene altgedruckten verachtet hatte, ich suchte daher den Mann, mit dem ich ein inniges Mitleiden hatte, einigermaßen zu trösten. Ich sagte ihm, nach meiner Ueberzeugung, daß er doch nur glauben solle, es sey der pure Neid, der die neuen Schriftsteller dahin bringe, daß sie diese guten alten Deutschen zu verdrängen trachteten, denn sie fühlten, daß jene besser geschrieben hätten, als sie im Stande wären; daß überhaupt diese Vorschläge, dem Volke bessere Lesebücher unterzuschieben, eben ein Projekt seyen, recht im Sinne der Schildbürger gedacht; daß die Menschen das Volk am liebsten erziehn möchten, die das Volk nicht kennen und selbst der Erziehung bedürfen, so wie diejenigen gern Lesebücher für alle Stände anfertigen, die für keinen Stand lesbar schreiben. Er sollte, fuhr ich immer fort, der Noth- und Hülfsbücher, der Boten aus Thüringen und dergleichen Bücher wegen nur unbesorgt seyn, eben so wegen der neuen moralischen Volkserzählungen, die so unbeschreiblich albern sind, weil sich die Verfasser das Volk so gar dumm vorstellen und daher nicht wissen, wie sie sich genug herablassen wollen; denn in jenen alten sogenannten Scharteken stecke eine Kraft der Poesie, eine Darstellung, die im Ganzen so wahr sey, daß sie bei'm Volk, so wie bei jedem poetischen Menschen, noch lange in Ansehn bleiben würden. Seyd nur zufrieden, sagte ich weiter, denn, mein lieber Mann, wenn jene Herren aufrichtig seyn wollen, so denken sie vom Homer nicht besser, wie von den schlichten Heymonskindern; so ein Curius incomptis capillis kommt ihnen mit seiner natürlichen Natur, mit seiner Wahrheit der Gefühle viel zu unhöflich vor, sie möchten sich Alles auf Popische Weise in langweilige Stanzen auflösen und übersetzen lassen, damit sie aus diesen Büchern heraus nicht mit einer zu harten altfränkischen Stimme angeredet würden, damit man ihnen den Honig noch verzuckerte, und statt der rohen Lächerlichkeiten lieber nichtswürdige, charakterlose Albernheiten zu genießen vorsetzte. Sie möchten gar zu gern, daß der simple, treuherzige Bauersmann eben so bei langweiligen, kraftlosen Büchern gähnte, wie sie, damit sie sich an seiner Bildung erfreuen könnten. Ich weiß es auch, daß die alten guten Jägerlieder, so wie die naiven verliebten Arien und Gesänge, die oft so kindlich reden und es so ehrlich meinen, abgedankt werden sollen, und daß der Märkische Herr Schmidt und noch ein anderer großer Dichter, Lieder bei'm Melken und Waschen will singen lassen, um die Kühe und das Gesinde poetischer Weise zu ermuntern; indessen, wie gesagt, seyd unbesorgt, ich hoffe, das Bessere wird oben bleiben. – Ich ging endlich so weit, daß ich dem Manne entdeckte, wie ich die Absicht hätte, diese alten Volksbücher zum Theil umzuschreiben und sie spitzbübischer Weise sogar in die öffentlichen Lesebibliotheken zu bringen, damit selbst aufgeklärte und wahrlich nicht schlecht fühlende Demoiselles sie mit lesen und sie eine der andern empfehlen möchte, ohne zu merken, daß es so alte verlegene Waare sey. Der Mann war sehr erfreut darüber und wir schieden als gute Freunde.

Der Leser verzeihe mir diese Abschweifung; sie kann dazu dienen, ihm zum Theil deutlich zu machen, was ich von jenen Volksbüchern denke, und warum ich sie von Neuem abschreibe.

Von der Geographie des Landes also weiß ich nichts beizubringen. Einige haben die Scene nach Utopien legen wollen; indessen halte ich dies nur für einen gelehrten Kunstgriff, um sich aus der Verlegenheit zu ziehn, weil Utopien eine Gegend ist, die es verträgt, daß man ihr Alles aufbürde.

Aus dem Mangel der geographischen Nachrichten so wie der historischen Quellen, so wie aus der Geschichte der Schildbürger selbst, die fast etwas Possierliches an sich hat, haben Einige schließen wollen, daß diese Schildbürger niemalen existirt hätten, sondern nur eine Erfindung der Imagination seyen. Ich will nicht weitläuftig untersuchen, welche gefährliche Folgen dergleichen Hypothesen für die ganze Geschichte haben können und daß diese Sucht, Alles allegorisch zu erklären, am Ende nothwendig Geschichte und Poesie zerstören müsse. Ein guter Freund von mir ist dieser Erklärungs-methode gänzlich ergeben, und liest deswegen Banier's Mythologie, so wie die neueren noch tiefern Abhandlungen und etymologisch, mystisch-allegorischen Werke fleißig; dieser leugnet mir gradezu, daß die Schildbürger jemals existirt hätten. Er hat sich die Mühe gegeben, die Odyssee und Ilias prosaisch aufzulösen, um zu beweisen, daß diese beiden Gedichte nichts sind, als eine wunderliche Einkleidung von allerhand Sittensprüchen und Gemeinplätzen. Er hält daher die Mühe der Botaniker für etwas sehr Ueberflüssiges, wenn sie sich quälen, den

Homerischen Lotos ausfindig zu machen, denn er findet in der Geschichte der Lotophagen und der Gefährten des Odysseus, die sich in der Lotosspeise überessen, wieder nur eine scharfsinnige Allegorie. Ulysses war nämlich mit seinen Kameraden lange nach Art der Vagabunden umhergeirrt, die keine Gelegenheit fanden, sich zu fixiren, bis sie endlich in ein Land geriethen, das ordentlich mit Collegien, Accise, Lotterie und dergleichen eingerichtet war; sie erhielten Alle Bedienungen, und schmeckten nun die Süßigkeit eines bestimmten bürgerlichen Einkommens; sie waren in die politischen verschiedenen Fächer versetzt, übten Pflichten aus und hatten überdies noch die Hoffnung, zu avanciren. Als Ulysses sie nun wieder abrufen wollte, um das unstäte Leben von vorn anzufangen, hatte, wie begreiflich, Keiner Lust, ihm zu folgen; und diese schöne Wahrheit hüllte nun Homer in das Gewand der Fabel, und erfand so ferne Lotophagen, die also nichts Anderes significiren, als einen gut eingerichteten Staat. Ich will dem Leser in der Beurtheilung dieser Erklärung nicht vorgreifen; nur werfe ich die Frage auf: Wohin führt das endlich? Wenn Jemand nach mehreren hundert Jahren unsere ordentliche deutsche Geschichte läse und ihm die religiöse und statistische Einrichtung bekannt würde, wenn er die verschiedenen Collegia und ihre Gewalt kennen lernte, unsere Methode zu arbeiten, die mannigfaltigen Spaltungen, das verschiedene wechselnde Interesse, die Wirkungen des Aberglaubens und der Aufklärung, die Akten, die Registraturen, die Controllen, die tausend und aber tausend Bogen, die Keiner liest, die Tabellen, die Steuern, die Finanzprojekte, würde er, sag' ich, nicht vielleicht in die Versuchung kommen, unser ganzes Zeitalter, und Alles in ihm, nur für eine witzige, scharfsinnige Allegorie zu erklären? So absonderlich dürfte ihm Alles dünken; so daß ich und alle meine wirkenden und gewiß nicht zu verachtenden Mitbürger nur allegorische Personen wären, das heißt, abstrakte Verstandesbegriffe. Und doch versichern wir gegenwärtig (und ich thue es hier um so lieber, damit auf keinen Fall in der Zukunft ein Irrthum entstehe), und unser ganzes Zeitalter stimmt mir darin bei, daß wir Alle wirklich existiren und also an Scharfsinn und Witz bei uns gar nicht gedacht werden darf, daß wir uns auch daran begnügen wollen, lebende Personen zu seyn und uns das gute Zutrauen verbitten, für Verstandesbegriffe zu gelten.

Ich habe dies Exempel nur darum anführen wollen, um dem geneigten Leser recht klar zu machen, wohin die verderbliche Allegoriensucht führen könne.

Es scheint mir daher auch außer allem Zweifel zu seyn, daß die Schildbürger wirklich existirt haben, und in dieser Ueberzeugung will ich nun endlich zu ihrer eigentlichen Geschichte übergehn.

Höchst wahrscheinlich war es eine Colonie vertriebener griechischer Staatsmänner und Philosophen, die sich zuerst im Lande Schilda niederließen. Es entstand in diesem Lande wenigstens nach und nach eine Generation von Menschen, die einen ganz verwundernswürdigen Verstand in sich hatten. Sie unterschieden sich durch ihre Weisheit von allen übrigen Menschen, und wußten beständig, was recht und gut sey und was man schlimm und unrecht zu nennen habe; sie waren nicht nur im theoretischen Theile der Klugheit wohl erfahren, sondern auch im praktischen, so daß Alles, was sie thaten und riethen, einen glücklichen Ausgang gewann.

Dergleichen Vortrefflichkeit konnte nicht lange verborgen bleiben, und die ganze Welt sprach bald von der großen Weisheit und dem fast übermenschlichen Verstande der Schildbürger. Einige der benachbarten Könige und Fürsten zogen die berühmtesten an ihren Hof und machten sie zu Ministern, ja, was noch mehr war, sie folgten ihrem Rathe und befanden sich wohl dabei; andere ahmten diesem Beispiele nach, und so war bald ganz Schilda von Einwohnern entblößt, die ihr eignes Land unregiert lassen mußten, um dafür alle übrigen vortrefflich zu regieren.

Es war also nun dahin gekommen, daß ein jeder Fürst einen Schildbürger als einen weisen Mann an seinem Hofe hielt, und daß der Verstand aller übrigen Länder in Mißkredit kam. Es schien, als hätte die Natur alle ihre Kräfte aufgewandt, um in dem kleinen Lande Schilda die allervortrefflichsten Rathschläger aufsprossen zu lassen, und daß es deshalb bald Mode und haut goût werden mußte, einen rathschlagenden Mann nirgends anders her zu verschreiben, so daß auch einige Fürsten, die keinen mehr überkommen konnten, sich innerlich schämten und wenigstens ein Paar Schildknaben an ihrem

Hofe erziehen ließen, um mit ehestem Verstand und guten Rath als eine sichere Erndte davon zu bringen. Auch gab es hier und da Surrogate und nachgemachte Schildbürger, und der Rath war dann freilich so, daß er einer feinen verwöhnten Zunge nicht schmecken wollte.

Man darf sich übrigens über dieses anscheinende Wunderwerk nicht verwundern, denn die Natur scheint überall ihre Oekonomie so eingerichtet zu haben. An irgend einem bestimmten Orte ist jeglichesmal jede Sorte von Früchten die beste, so daß alle übrigen nur Abarten von dieser Art zu seyn scheinen. Die Krebse sind in manchen Gegenden weit vorzüglicher, als in andern. Die Römer konnten es zu des Horatii Zeiten den Fischen anschmecken, wo sie waren gefangen worden. In den neueren Zeiten hat man beobachten können, wie die Treue so in dem engen Bezirke der Schweiz zusammengedrängt gewachsen war, daß kein anderes Volk ein Talent dazu hatte, eine Leibwache der Fürsten zu formiren, bis sich in den neuesten Zeiten diese Fähigkeit der Schweizer wieder verloren zu haben scheint, so wie auch die Früchte manchmal plötzlich wieder aus der Art schlagen. So haben die Pariser Pasteten, so wie die englischen Guineen, immer alles gute Vorurtheil für sich; so wie ich auch nicht begreifen kann, warum ein Fürst seine Unterthanen nicht als Soldaten solle vermiethen oder verkaufen können, wenn er einmal eine ganz besondere Anlage in ihnen dazu verspürt. Sollen denn Talente vergehen und verwesen? Ja, so wie ich es eben nicht unbillig finde, daß der berühmte Redner Demosthenes zweien gegeneinander streitenden Partheien die Reden machte, mit denen sie sich vortrefflich bekriegten, so halte ich es für bloße Einseitigkeit, daß man nicht öfter beiden Partheien zu dem doch nothwendigen Kriege die Soldaten aus Einem Lande übermacht hatte. Der Tadel dürfte auch übel angebracht seyn, da in frühern Jahrhunderten schon die edle Unpartheilichkeit der Schweizer auch hierin mit schönem Beispiele vorangegangen ist.

Auf diese Art waren also die Schildbürger im Rathschlagen unvergleichlich; denn da sie vielen Fürsten dienten, geschah es eben so, daß einer oft Rath gegen den Rath seines Mitbürgers geben mußte, und sie sich also mannigfaltig mit dem einen Verstand bekriegten, der auf demselben Boden gewachsen war.

Caput II.

Weiberversammlung zu Schilda. – Ihr Brief.

Es war jetzt geschehen, daß alle Männer aus Schilda mehrere Jahre hintereinander waren entfernt gewesen, und ihre Frauen indessen das Regiment zu Hause hatten führen müssen. Sey es nun, daß sie dieser Einsamkeit überdrüssig geworden sind, oder daß vielleicht ein durchreisender Fremder sie auf andere Gedanken gebracht hat, oder daß es gar der Wille des Schicksals war, welches beschlossen hatte, daß die Geschichte der Schildbürger von diesem Zeitpunkte die denkwürdigsten Vorfälle enthalten sollte; genug, die Weiber kamen an einem Morgen zusammen und beschlossen nach einer langen Berathschlagung, daß ihre Männer nothwendig zurückkehren müßten, und in dieser Absicht verfaßten sie folgendes Sendschreiben:

Vielgeliebten Männer!

Es ist uns lieb gewesen, zu vernehmen, daß Ihr Euch noch wohl befindet, und wir haben lange vergebens auf Eure Zurückkunft gehofft. Ihr dürft es uns nicht übel deuten, wenn wir auf Eure übergroße Weisheit gar nicht gut zu sprechen sind, da diese eben Schuld daran ist, daß wir Euren erwünschten Umgang entbehren müssen. Ihr habt, mit Erlaubniß zu sagen, Verstand für fremde Leute, aber keinen für's Haus, Ihr versteht nur zu säen, aber nicht zu erndten, und eben deswegen wird Euer Winter sehr karg ausfallen. Da Ihr die ganze weite Welt mit gutem Rath ausfüllt, so möchten wir armen bedrängten Weiber uns auch wohl ein Stückchen ausbitten, was wir denn anfangen sollen, wenn, wie es zu vermuthen steht, Eure Abwesenheit noch länger währen sollte. Es ist sehr schmeichelhaft für uns, daß Ihr in unsere Treue ein so festes Vertrauen setzt, und doch sind wir nicht ganz außer Zweifel, ob wir Euch so unbedingt trauen dürfen, wenigstens hat es einen sehr zweideutigen Anschein, daß Ihr ganz keine Sehnsucht nach uns und nach Euren väterlichen Herden empfindet. Wollt Ihr denn bloß vielleicht dem Sprichwort zu gefallen: »Ein Prophet gilt nichts in seinem Vaterlande,« niemals wieder zurückkehren? Denkt nur daran, daß es auch heißt: der Pfennig ist da am meisten werth, wo er geschlagen ist; und daß Ihr hier in Schilda geschlagen seyd, darüber werdet Ihr doch hoffentlich keinen Zweifel haben. Ihr seyd durch Eure verdammte Weisheit über alle Eifersucht erhaben, sonst wollten wir Euch bald durch einige guterfundene Lügen hierherbannen können; wenn Ihr aber nicht aus Mißtrauen zurückkehren wollt, so kommt wenigstens zurück, um Euch unsrer musterhaften Treue zu erfreuen; laßt die Welt einmal ohne sonderliche Weisheit ihren Gang gehn und nehmt Euch des Hauswesens wiederum an. Schlagt Ihr aber unsern guten Rath in den Wind, so haben wir auch auf diesen Fall einen Entschluß gefaßt. Wir haben uns dann nämlich nach Männern umgesehn, die uns mehr lieben, wenn sie auch größere Dummköpfe sind; wir leben dann um so glücklicher mit ihnen, und haben des Bischen Verstandes wegen nicht so viel Sorge und Kummer. Wir wünschen insgesammt, daß diese verzweifelte Gegenwehr nicht nöthig sey und daß wir uns Alle unterschreiben dürfen

   Eure Weiber

N. N. n. n. etc.

Dieses Sendschreiben ward ohne Verzug durch einen Expressen an die Männer abgeschickt.

Caput III.

Berathschlagungen. –
Philemon trägt seine Gedanken vor, die Beifall finden.

Die Männer, als sie diesen Brief empfingen, wunderten sich anfangs, dann aber gingen sie in sich und sahen ein, daß ihre Frauen das größte Recht von der Welt hätten. Sie beschlossen also, nach ihrer Heimath zurückzukehren, und nahmen deshalb von den Fürsten und Königen Urlaub, die sie ungern entließen und nur auf das Versprechen, daß sie zurückkehren wollten, sobald man ihres Raths bedürfe.
Ein Jeder fürchtete sich vor seiner Hausfrauen, besonders vor dem ersten Empfange; aber als sie angekommen waren, vergaßen Alle über die Freude des Grolls, und man sah allenthalben Trinkgelage, man hörte Gesang und freundschaftliche Gespräche und Jedermann war zufrieden.

Als sich aber die Männer nach dem Zustande ihres Landes umsahen, fanden sie Alles in der größten Verwirrung. Das Gesinde war ungehorsam, die Aecker lagen unbebaut, die Werkzeuge waren in Stücken gegangen oder verrostet, das Vieh war abgestorben, Nesseln und Unkraut wucherten auf den Wiesen und in den Saatfeldern, die Kinder hielten sich für die Vornehmsten und sprachen in Alles mit, kurz, es läßt sich nicht beschreiben, welche Verwirrung, Verwickelung und Unordnung im ganzen Staate herrschte. Die Männer nahmen daraus so viel ab, daß ihre Gegenwart ganz unumgänglich nöthig sey; das machte ihnen schlaflose Nächte, denn sie sahen nicht ein, wie sie von den Fürsten und großen Herren abkommen wollten, die sie so lieb gewonnen hatten.

Sie hielten endlich eine allgemeine Versammlung, worin die Noth des Vaterlandes in einer recht kräftigen Rede Allen an's Herz gelegt wurde, und die der Redner endlich damit beschloß, daß man ein Mittel ersinnen müsse, irgend einen Anschlag, um von den Fürsten loszukommen, um im Stande zu seyn, die eigenen Angelegenheiten wieder einzurichten.

Die weisen Männer dachten nach, und endlich erhob sich einer, Gerard genannt, und sagte: Meine lieben Freunde und Mitbürger, es ist unsers Verstandes wegen, daß wir uns von unserm Vaterlande haben entfernen müssen, weil die Weisheit unsrer Rathschläge uns weit und breit zu bekannt gemacht hat, so ist es meine unmaßgebliche Meinung, daß wir uns nicht gleich so plötzlich von den Fürsten und Herren losmachen, denn sie möchten über uns ergrimmt werden, gegen uns ausziehen, uns gefangen nehmen und den guten Rath mit Gewalt von uns fordern, den wir ihnen im Guten versagen; denn es ist immer ein gefährliches Unternehmen, sich den Großen zu widersetzen, ihr Verlangen mag nun billig oder unbillig seyn. Deshalb schlag' ich vor, daß wir noch auf einige Zeit zu den Fürsten zurückkehren, ihnen aber so schlechte Rathschläge ertheilen, daß sie uns bald freiwillig als untauglich entlassen.

Als er ausgeredet hatte, setzte er sich wieder nieder, und Barthel, ein sehr erfahrner Mann, stand auf und antwortete: Mein lieber Schwager, Dein Rath ist aus einer sehr guten Meinung hervorgegangen, nur glaub' ich, daß wir auf diesem Wege das Ziel gänzlich verfehlen möchten. Es ist mit dem Verstande und den Zufällen in dieser Welt eine so wunderliche Einrichtung, daß beide selten zusammentreffen. Ein verständiger Rath ist meistentheils nichts weiter, als ein gutgemeinter Wunsch, der bedächtlich ausgesäet wird, und über den die Folgezeit mit ehernen Füßen hinstampft und dadurch Schuld ist, daß er gar nicht aufgehn kann. Es ist daher nicht genug, daß man säet, sondern es muß auch eine Windstille folgen. Kein naschender Vogel darf die Saamenkörner wegfressen, dann muß ein milder Regen folgen, die Nachtfröste müssen ausbleiben, und unter diesen günstigen Umständen geht die Pflanze auf und wird nachher doch noch vielleicht vom Hagelschlag, oder durch Raupen und andres Ungeziefer verdorben. Eben also ist es mit der Weisheit, die ausgesprochen auf keinen dürren Boden fallen muß, wenn sie Wurzel fassen soll; ein guter Rath muß gerade so vernünftig gebraucht werden, wie vernünftig man ihn gegeben hat, denn sonst ist er oft wie ein übel zusammengelegtes Messer, das den verwundet, der es bei sich trägt. Auch müssen sich die Zufälle so schicken, alle Kleinigkeiten, auf die man vorher gar nicht rechnen kann, daß die Umstände und die Zeit den guten Rath vertragen. Denn so wie es thöricht wäre, die Schafe in jeder Jahreszeit zu scheeren, wenn sie auch Wolle haben, eben so unbesonnen wäre es oft, den an sich guten Rath in der und jener Stunde zu befolgen, wo sich die Gegenwart, wie ein aufgebrachter Truthahn, mit allen Federn dagegen sträubt. Und habt Ihr es, meine Freunde, nicht selber aus der Erfahrung gelernt, daß guter Rath oft wie ein blinder Gärtner ist, der bei aller seiner Erfahrung die Obstbäume verdirbt und die Blumenwurzeln mit seinem Spaden zersticht? Befanden wir uns oft nicht in großer Noth, wenn wir guten Rath frisch und gesund vorangeschickt hatten, und er unterwegs krank ward und, von den Umständen aufgehalten, liegen bleiben mußte? Nun wurde nachgeräthelt und abgenommen und hinzugethan, verschoben und versetzt, gelenkt und gerenkt, daß wir manchmal unsere ersten eigenen Gedanken nicht wieder kannten. Statt daß oft der Unbesonnene einen Rath vom Bogen schießt, ohne hinzusehn, und doch das Weiße der Scheibe trifft. Hieraus, meine lieben Mitbürger, wollte ich nur die Anwendung auf uns machen, daß uns schlecht geholfen wäre, wenn wir uns damit abgäben, thörichten Rath zu ertheilen; denn wider alles Verhoffen könnte so in dieser thörichten und ungereimten Welt gerade der beste Rath entstehn und wir würden noch mehr hochgeschätzt und gesucht, und es gelänge uns denn das, was tausend andern Narren gelingt, die auf ihre Einfalt sich durch die Welt betteln, und eben dadurch reicher werden, als die verständigen Leute, die ihnen Almosen geben.

Diese Meinung des alten Barthel schien den Schildbürgern noch mehr Weisheit zu enthalten; sie fielen ihm daher Alle bei und sahen sich dann einander an, da sie noch keine Arznei für ihre Krankheit gefunden hatten. Endlich erhob sich Philemon, den man fast für den hellsten Kopf erklärte, und redete. Er war noch jung, aber seine Gebehrden und sein Anstand, so wie seine deutliche, zierliche Aussprache, brachten ihm selbst bei den Aeltesten Ehrfurcht zuwege. Sein einziger Fehler als Redner war, daß er sich etwas zu lange vorher räusperte, den Kragen zurechtschob u. s. w., so daß er darin gleichsam den Fechtern nachahmte, die sich vorher mit Oel salben und alle Gelenke geschmeidig zu machen trachten. Er redete folgendermaßen:

Verehrungswürdige Freunde und Mitbürger!

Ich ersuche Euch demüthig, mir geduldig zuzuhören und Euch durch meine Vorschläge nicht erbittern zu lassen, wenn sie sich Eures Beifalls nicht erfreuen dürfen.

Es scheint eine eben so alte als ausgemachte Wahrheit zu seyn, daß man viel leichter Andern als sich selber rathen könne. Dies beweiset diese ansehnliche Versammlung, die aus den erfahrensten Männern besteht, und die, um die Minerva und ihr ganzes Gefolge zu beschämen, ihrer eigenen Angelegenheiten wegen immer noch in Verlegenheit ist. Würden es jene Fürsten und Könige glauben können, wenn sie es hörten oder läsen, die lehrbegierig zu Euren Füßen saßen und Eure weisen Reden mit Aufmerksamkeit und tiefer Demuth auffingen? Ist denn der Verstand so kurzarmig, daß er sich selber nicht helfen kann, wenn es die Noth gebietet? Wir haben ein Handwerk daraus gemacht, Andre aus dem Wasser zu ziehn, ohne das Naßwerden zu scheuen, und jetzt wäre fast nöthig, daß wir nach jenen Thoren um Hülfe riefen, da es scheint, als wenn wir die edle Kunst des Schwimmens verlernt hätten.

Man dürfte sogar darauf kommen, an unserer bisherigen Weisheit zu zweifeln, da wir unsern Staat haben verfallen lassen, um andern aufzuhelfen; denn so wenig das ein gutes Auge zu nennen ist, das nur das Nahe bemerkt und das Fernliegende nicht zu sehn im Stande ist, eben so wenig ist das ein gutes Gesicht, das nur das Fernliegende unterscheidet und dem das Nächste gleichsam zu nahe steht, so daß es deswegen darüber hinwegsehn muß. Ich wage es, zu behaupten, daß wir uns beinahe in diesem letztern Falle befunden haben. Wir sind Köche gewesen, die nur für Andre kochen und selbst mit dem Abhube vorlieb nehmen; da wir Tag und Nacht uns mit der Weisheit abgearbeitet haben, ist sie uns gleichsam zu unserm Gebrauch etwas zu Geringes geworden.

Gar vortrefflich hat der verständige Barthel in schönen Figuren deutlich gemacht, wie selten sich die Weisheit eigentlich mit den Begebenheiten dieser Welt vereinigen lasse, denn es ist fast immer, als wenn die schlanke Grazie mit einem unbeholfenen Bauerntölpel spatzieren gehn wolle; sie werden sich nicht mit einander vertragen. Eben darum ist es auch ein undankbares Geschäft, die Umstände mit der Weisheit auszugleichen und dann wieder den Verstand durch die Umstände zu verkümmern, so daß Beide nur so eben wie Mann und Frau mit einander leben können; und eben deswegen habt Ihr, verehrungswürdige Väter, nicht so ganz Unrecht gehabt, wenn Ihr am Ende eine heimliche Verachtung gegen die Wissenschaft der Erfahrung und gegen die Klugheit bekamt, so daß Ihr auch lieber in Euren eignen Häusern die Unwissenheit aufwachsen ließet, um nicht in den Ruhestunden auch das lästige Gewerbe fortzusetzen. – Bemerkt, wie fein ich nun den vorigen Tadel zum Lobe herumgedreht habe und wo ich alsbald hinaus will.

Es giebt nämlich gewiß noch einen höhern Verstand, als mit dem wir uns bisher in unserm undankbaren Leben beschäftigt haben; einen Verstand, der zarter und feiner ist, so daß man ihn vielleicht den wohlgerathenen, ausgebildeten jungen Sohn jener altfränkischen, bäurischen Erfahrungsweisheit nennen könnte. Ehe die Flöte erfunden war, war der Dudelsack das lieblichste Instrument, und als man noch keinen Kaffee kannte, war Warmbier ein vornehmes Frühstück. Daß aber alle menschliche Kenntniß wachsen und sich verfeinern müsse, werdet Ihr nicht im Stande seyn zu läugnen, denn es hieße nichts anders, als behaupten, man habe nun die Gestalt der Weisheit von oben bis unten genau gesehn, man sey bis an den kleinen Zehen gekommen und fühle nun ganz deutlich, daß hier die Schuhe anfingen.

Das riesengroße Bild der Göttin steht aber mit dem Haupte über die Wolken hinaus, und mit den kolossalen Füßen ist sie tief in die Erde gegründet, so daß vielleicht noch viele Jahrhunderte vergehn, ehe das Menschengeschlecht ihre Form ganz kennen lernt. Es wäre aber ein unedler Vorsatz, wenn wir in der Kniekehle wollten stehn bleiben, in die wir uns jetzt eingegraben haben; wir sind bloß so weise geworden, indem wir immer nach größerer Weisheit strebten. So wie wir uns also für vollendet halten, und das Trachten nach dem Höherklimmen aufhört, so schüttelt uns die Göttin wie Staub von sich, und wir fliegen dann weit in's Feld der Unwissenheit hinein und liegen im Sande der Thorheit und werden von den Dornen der Dummheit gestochen und gänzlich zerrieben.

Es giebt aber keinen bessern Ständer, keine bessere Grundlage, um das Gebäude des Verstandes aufzuführen, als wenn man stets vor Augen hat, was man eigentlich will. Wenn wir unsern Willen in einer ungewissen Ferne wandeln sehn und nicht darauf wetten mögen, ob er Vogel oder viergefüßt sey, dann ist unser Können nur ein tauber Handlanger, der sich aus den Befehlen des Baumeisters nicht zu vernehmen weiß. Und dies, meine Freunde, war in dem Auslande unser Fall. Wir mußten immer auf's Gerathewohl auf die Jagd gehn, da das Terrain zu groß war, um es genau kennen zu lernen; und so mußten wir freilich oft vorlieb nehmen, einen kleinen Hasen zu erschnappen, wenn wir uns auf einen ansehnlichen Hirsch Rechnung gemacht hatten. In solcher beschränkten Lage muß man sich genau an die Erfahrung halten, und an jene blöde Weisheit, die nicht wagt, weil statt eines großen Gewinnstes auch ein großer Verlust fallen könnte, und die den Zufall immer für verständiger als den Verstand halten muß, weil er sich durchaus nicht vom Verstande berechnen läßt. In solchen Umständen ist es gut, den Pferden des Scharfsinns die Augen von der Seite zuzubinden, damit sie immer nur gerade aussehn und das Lenken vertragen. Diesen Zustand, den wir nur verlassen haben, möcht' ich, wenn mir diese kühne Metapher erlaubt ist, den Milchbart unserer Weisheit nennen, den wir dem Auslande, als gleichsam einem Apollo, geopfert haben, um dem männlichen, kräftigern Nachschusse Platz zu machen. Denn hier sind wir nun in unserm kleinen beschränkten Vaterlande, wo es uns vergönnt ist, genau zu wissen, was wir wollen, wo wir Alles also auch um so dreister angreifen dürfen. Hier können wir Alles mit einem Blicke umschaun und unsre bisherigen Erfahrungen als Vordersätze zu weit scharfsinnigern Folgerungen benutzen; hier können wir die fliegende Spekulation mit kriechender praktischer Vernunft vermählen, und so in unserm Eigenthum eine Weisheit treiben, die Alles weit übertrifft, was die Sterblichen bisher auch nur geahndet haben.

Um diesen Vorsatz auszuführen, ist es aber nöthig, daß wir unser Vaterland nicht wieder verlassen, und ich komme also nun zum eigentlichen Zweck meiner Rede.

Der verständige Barthel hat Recht, wenn er Gerards gut gemeinten Vorschlag verwirft; ein besserer muß also dessen Stelle ersetzen. Hier ist er:

Um recht sicher zu seyn, müssen wir keinen der gewöhnlichen Wege gehn, weil man sonst unsre wahre Absicht gar zu leicht entdecken könnte. Wir müssen einen kühnern Plan entwerfen, den uns die Spekulation vielleicht an die Hand giebt.

Es ist bei manchen Gelegenheiten nicht undienlich, die Natur-geschichte nachzuschlagen, und jene unschuldigen, eingeschränkten Politiker, ich meine die sogenannten Thiere, zu beobachten, und einen Wink, den sie uns geben, auf eine klügere Art zu benutzen. So wissen wir, daß der Biber sich selbst der aromatischen Arznei entäußert, wegen der ihn der Jäger verfolgt, um nur in Sicherheit zu entkommen. Uns hat man wegen unserer köstlichen Weisheit nachgestellt, die man in uns fand, und dieser wunderbaren Essenz wegen, die einmal ohne unser Zuthun in uns wächst, wird man uns auch niemals in Ruhe lassen. Guter Rath ist theuer, sagt das Sprichwort, und eben deswegen wird man noch immer Jagd auf uns machen. Wir sollten also scheinbar dem Biber nachahmen, und uns freiwillig dessen berauben, was uns so kostbar macht; der Verstand ist die Ursache unsers Unglücks, wir müssen daher dem Scheine nach den Verstand auf einige Zeit beiseite legen, und eben dadurch im höchsten Grade verständig seyn.

Da es keine Frage weiter ist, ob wir weise Männer sind, so wird es uns eben um so leichter werden, Narren zu scheinen, und dadurch wird die Welt bethört werden, und die Fürsten und Herren werden von uns ablassen. Einen solchen Plan auszuführen ist nur dem Weisen möglich, denn für den Thoren ist es ein gefährliches Unternehmen, sich mit der Narrheit vertraut zu machen; statt daß er sie regieren sollte, regiert sie ihn, und so muß er nach dem Anlaufe den ganzen Abhang des Berges wider seinen Willen hinunterlaufen.

Dies ist mein Vorschlag. Laßt uns thöricht scheinen, um klug zu bleiben, uns're Widersacher hintergehn, und unsern eigenen Verstand vollkommen machen, indeß wir in unserm kleinen Lande so glücklich sind, und es so glücklich machen, als es nur möglich ist. – Dixi. –

Er setzte sich nieder und ein lauter Beifall erscholl durch die ganze Versammlung. Alle nahmen sich vor, die Thoren zu spielen, und Jeder überlegte, welche Rolle er wohl am besten durchzuführen im Stande sey. Nur Gerard stand auf, und sagte:

Wie, meine Freunde, sollt' ich denn mein ganzes Leben mit dem Studium der Weisheit verloren, und es nun endlich bis zum Narren gebracht haben? Sind das die Früchte des tiefen Forschens? Wahrlich, ich will doch lieber der ganzen Welt Rath ertheilen, als in meinem Hause für mich selber ein Narr seyn.

Es war aber Einer in der Versammlung, den die übrigen nur immer aus Scherz Pyrrho zu nennen pflegten, weil er oft an den unbezweifelsten Sachen zweifelte. Dieser antwortete:

Mein lieber Gerard, Ihr hättet ganz Recht, wenn die Rede davon wäre, daß wir simple Narren ohne weitern Zusatz seyn wollen. Wenn Ihr aber bedenkt, daß wir zum Besten des Vaterlandes es werden wollen, so könnt Ihr mir Euren Beifall nicht versagen. Ist es süße Pflicht, für sein Vaterland zu sterben, so ist es vielleicht eine noch lieblichere Aufgabe, den Kopf in der Thorheit unterzutauchen, und sich vom Grunde dieser wunderlichen Quelle herauf den Kranz eines Patrioten zu holen. Die meisten Menschen sind Narren ihr Lebelang, ohne sich und Anderen zu nutzen; wir haben den schönen Gewinn, daß wir den Staat und unsre Mitbürger damit erfreuen. Welches Opfer könnte zu groß seyn!
Nur erlaube mir diese verehrungswürdige Versammlung einige Zweifel, die ich nicht gänzlich verschweigen darf. – Es entsteht die Frage, ob es durchaus kein ander Mittel der Rettung giebt, als das vorgeschlagene? Man sagt: Wer Pech angreift, besudelt sich; und so, fürcht' ich, ist es mit der Narrheit beschaffen. Es läßt sich nicht mit ihr spaßen, sie macht keinen Unterschied unter Groß und Gering, Arm und Reich, und ihre höchste Schadenfreude ist es, von einem verständigen Manne den Stempel der Vernunft wegzulöschen. Ja, es fällt mir ein, ob nicht vielleicht, ohne daß wir daran denken. unsere Zeit gekommen ist,

daß wir umschlagen und aus gutem Weine ein kamiges Getränk werden. Ich meine, daß wir vielleicht schon Narren sind, und aus keiner andern Ursache einen solchen Vorschlag thun und ihn genehmigen; dann dürfte es uns vielleicht wider Willen ziemlich leicht werden, das aufgegebene Thema durchzuführen. Es ist mit dem Menschen vielleicht wie mit dem Obst, das auch nur auf eine kurze Zeit durch sich gut ist und einen natürlichen Hang zum Verwildern hat, eben so wie sich auch die Kartoffeln mit jedem Jahre verschlechtern, wenn man sie nicht wieder aus neuem Samen zieht. Wenn man etwas Besseres haben will, verliert man oft noch, so wie der Hund in der Fabel, das Gute obenein, und so könnte es uns mit unserer zukünftigen Weisheit gehn. Wir werden am Ende, zum Beispiel für die ganze Welt, aus Ueberklugheit dumm, und dann, – wie soll es dann werden? Bedenkt also, Ihr weisen Männer, bedenkt den Schritt, den Ihr zu thun gesonnen seyd; es ist fast eben so mißlich, als zu heirathen, und darum seyd um des Himmelswillen nicht allzurasch.

Er hatte ausgeredet, und man fand seinen Vortrag nicht unweise; aber dennoch ging das Gesetz durch, das Philemon vorgeschlagen hatte, daß künftig jeder Schildbürger nur darauf sinnen solle, wie er den Narren natürlich genug darstellen könne.

Caput IV.

Die Narrheit nimmt glücklich ihren Anfang.

Da es der freiwillige Entschluß der Schildbürger war, sich in der Thorheit zu versuchen, so wird schon Jedermann vermuthen, daß sie es nicht gleich zum Eingange zu grob werden angefangen haben. Sie hatten sich klüglicherweise vorgenommen, nur Schritt für Schritt in dieser schweren Wissenschaft weiter zu gehn, damit sie die Welt um so besser betrügen könnten..
Es ward beschlossen, ein neues Rathhaus zu errichten, weil sich das alte in einem gar zu baufälligen Zustande befand. Die Schildbürger versammelten sich daher, um im Walde Holz zu fällen und es dann nach der Stadt zu schaffen.

Sie begannen das Werk ganz ordentlich, fällten das Holz und säuberten es von Aesten und Laubwerk, da ein ächter, unverstellter Narr im Gegentheil schon hier seine Thorheit würde offenbart haben.

Sie hatten viele Mühe, es auf dem Wege nach der Stadt über einen ziemlich hohen Berg zu schleppen und auf der andern Seite die Bäume wieder hinunter zu schaffen. Aber die Schildbürger ließen bei dieser Gelegenheit ihre Liebe zur Thätigkeit gewahr werden, denn es machte sie nicht verdrießlich, als sie schwitzten und heftig keuchten, sondern die Schwierigkeiten, die sie zu überwinden hatten, machten ihnen gleichsam einen neuen Muth zur Arbeit.

Es war nur noch einer von den Bäumen oben auf dem Berge liegen geblieben, dieser riß sich wegen seiner Schwere von den Stricken los und rollte aus eigener Kraft den steilen Berg hinunter. Die Schildbürger standen oben und verwunderten sich über den Verstand eines so groben Klotzes, der freiwillig seiner Bestimmung entgegeneilte; daneben freuten sie sich über das possirliche Hinunterrutschen, und Einer unter ihnen sagte: Sind wir nicht rechte Thoren, daß wir uns also abgequält haben, da das Holz durch sich selbst geschickt genug ist, den Berg hinunterzugehn? Ihm antwortete behende ein Anderer: Dem Schaden, Freunde, kann leichtlich abgeholfen werden, wir dürfen nur die Bäume wieder heraufschaffen, so können sie dann von selbsten herunterlaufen, und wir uns an ihrer Schnelligkeit ergötzen.

Dieser Rath fand großen Beifall; obgleich die Mittagssonne brannte, so hielten die eifrigen Arbeiter doch nicht eher Ruhe, bis sie alle Bäume wieder auf den Gipfel des Berges geschafft hatten. Dann ließen sie einen nach dem andern los, und genossen nun im friedlichen Zuschauen den Lohn ihrer unermüdeten Thätigkeit, dann gingen sie in die Herberge und schmausten auf Unkosten der Gemeine, weil sie ein so löbliches, allgemeinnütziges Werk glücklich vollbracht hatten.

Der Zweifler Pyrrho blieb noch eine Weile allein zurück und überlegte den ganzen Vorfall. Er war bei sich unschlüssig, ob er seine Stimme mitgegeben habe, um einen artlichen Scherz zu treiben und gleichsam einen Narren zu signifiziren, oder ob es sein Ernst gewesen. Er konnte sich seines Seelenzustandes nicht mehr so deutlich erinnern, um ein richtiges Urtheil über sich selber zu fällen; doch war er endlich dahin mit sich einig, daß ihm das possirliche Hinunterrutschen der Hölzer ein großes Vergnügen gemacht habe.

Nach diesem wurde das Rathhaus nach einem verständigen Plane angefangen und glücklich zum Ende hinausgeführt.

Caput V.

Einrichtung des neuen Rathhauses.

Ich kann nicht bestimmen, ob es Zufall war, oder durch die Absicht Philemons geschehen, der den Bau dirigirte, daß das neue Rathhaus, als es vollendet war, keine Fenster hatte. Es war in einem länglichen Viereck gebaut, und über der Thür stand mit großen Buchstaben:

> An Gottes Segen
> Ist Alles gelegen.

Als man sich nun das erste Mal versammelte, um das Gebäude feierlich einzuweihen, siehe da, so fehlte es inwendig gänzlich am Lichte, Keiner konnte den Andern gewahr werden, Alle verfehlten ihrer Sitze, sie rannten mit den Köpfen gegeneinander, und es entstand ein großes Geschrei, Getümmel und Gepolter. Man merkte, daß diese Verwirrung allein durch die Finsterniß entstände, deshalb ließ man schnell ein Kaminfeuer anzünden, und nun fand ein Jeglicher seinen Sitz und seinen Rang wieder. Einer der Aeltesten in der Versammlung sagte hierauf: Es scheint, daß uns unser neues Rathhaus viele Verwirrung bringen wird; es wäre aber nicht gut, wenn wir jedesmal unter solchen Umständen zusammenkommen sollten, denn es wäre dann eine schlimme Handthierung, Rathsherr von Schilda zu seyn. Uebrigens mögt Ihr, werthgeschätzter Philemon, jetzt die Einweihungsrede halten.

Philemon stand auf, und Alle waren aufmerksam; er fing an:

Es ist heute für uns Alle, meine Freunde, ein feierlicher Tag. Nicht nur deswegen, weil wir an diesem Tage zum erstenmale uns hier in diesem Gebäude versammeln, sondern auch deswegen, weil es nun gerade drei

Monate sind, als ich zuerst den Vorschlag that, uns thöricht und närrisch anzustellen. Es ist sehr von Nutzen, zuweilen still zu stehn, um zurückzusehn auf unsre Laufbahn, und zu überlegen, wie wir diesen weisen Vorsatz ausgeführt haben. Wenn ich an unser ganzes Betragen zurückdenke, so kann ich nichts anders thun, als uns selber loben und bewundern, daß wir als weise Männer uns in einer fremdartigen Maske doch so natürlich ausgenommen haben. Es ist aber auch sehr nützlich, so oft die Gelegenheit kömmt, uns ja zu erinnern, daß wir uns nur verstellen, und dabei genau untersuchen, ob nicht manche Thorheit etwa aus einem natürlichen Hange zur Narrheit entsteht, und wenn wir es gewahr werden sollten, uns ja in allem Ernste davor zu hüten. Denn es wäre doch ein schlimmes Beginnen, wenn wir das plötzlich im Ernste wären, wozu wir uns anfangs kaum aus Verstellung bekennen wollten; es würde für die Folgezeit alle weise Entschließungen in einen übeln Kredit bringen und man würde sehr über uns spotten, daß uns unser Vorsatz nur gar zu gut gerathen wäre. Deshalb wollen wir uns immer mit beiden Händen an der Weisheit, als unsrer lieben Mutter, fest halten, damit sie das Schwesterkind, die Thorheit, die wir haben adoptiren müssen, in den gehörigen Schranken halte.

Ihr habt Euch nun vielleicht gewundert, warum es doch in diesem unserm neuen Rathhause also finster sey. Ihr habt es wahrscheinlich für einen Fehler erklärt, und gemeint, es sey meine Nachlässigkeit, Unachtsamkeit, Zerstreuung oder sogar unfreiwillige Thorheit, die dergleichen Finsterniß veranlasset habe. Ich freue mich, eine Gelegenheit zu haben, mich zu vertheidigen und zugleich eine kurze Rechenschaft von meinem Verstande abzulegen.

Es ist nämlich aus kluger Ueberlegung entstanden, daß ich dieses Haus der Rathschläge also habe einrichten lassen; und damit Ihr seht, wie viel ich mir dabei gedacht habe, will ich Euch alle meine Gründe nacheinander zur Prüfung vorlegen.

1) Ohne alles Bedenken muß jeder Rathsherr mit ernsten Gedanken in die Rathsstube treten, voll von seinen Vorschlägen und Meinungen. Es ist unschicklich, wenn er sich durch Nichtswürdigkeiten in seinen tiefen Betrachtungen stören läßt, und etwa, ehe die Verhandlungen ihren Anfang genommen haben, wie ein gemeiner Mann aus dem Fenster sieht, die Vorübergehenden grüßt, und wohl gar mit einem oder

dem andern spricht. Oft hab' ich es erlebt, daß eine ganze Rathsversammlung aufsprang, und neugierig die Fenster aufriß, wenn sich ein Lärmen auf der Gasse hören ließ und etwa ein Puppenspieler mit seiner Trommel vorüberzog; ein plötzlich angespielter Dudelsack hat manchmal einem wichtigen Prozesse eine ganz falsche Wendung gegeben. – Diesem Uebel und dieser Unanständigkeit habe ich vorgebaut, denn Ihr werdet hier keine Fenster sehn, die uns irgend einmal in unsern tiefsinnigen Betrachtungen stören könnten.

2) Bringt die Dunkelheit schon immer ihrer Natur nach ernsthafte Gedanken mit sich. Darum sind auch die meisten Kirchen, in denen man andächtig und religiös seyn soll, etwas finster gebaut, weil das Licht gleichsam etwas Leichtsinniges in sich trägt, das unser Gemüth zerstreut und eine ungeziemende Heiterkeit auf uns herunterschüttet, so daß Licht und Finsterniß sich wie Scherz und Ernst gegenüberstehn und die Dämmerung ein Bastard von beiden ist, der zu gar nichts nützt. Ein Rathhaus kann aber darum nicht dunkel genug seyn, und Ihr seht, ich habe so ziemlich die beste Finsterniß getroffen.

3) Selbst das Alterthum spielt ganz deutlich auf die finstern Rathhäuser an, indem es die Gerechtigkeit beständig mit verbundenen Augen darstellt. Die Neueren haben es nachgeahmt, ohne zu wissen, was sie thun. Ich hoffe, wir sitzen hier Alle so gut, als wenn uns die Augen verbunden wären, und das ist es eben, was jeder Rathsherr inniglich wünschen muß, damit er ein ganz vollkommenes Bild der Gerechtigkeit ist.

4) Wird unsre Versammlung immer etwas Ehrwürdiges, ja für die übrigen Menschen etwas höchst Schauerliches haben, indem wir hier also im Finstern unser Wesen treiben. Ihr werdet bemerkt haben, wie die Dichter in ihren Trauerspielen das Theater immer verfinstern lassen, wenn sie einen recht großen, tief eindringenden Effekt hervorbringen wollen; wie man schwarze Kleidung trägt, wenn man recht ehrwürdig auszusehn wünscht; wie aus keiner andern, als dieser schwarzen Ursache, Kinder sich vor den Mohren fürchten, und der, Gott sey bei uns! meistentheils deswegen so entsetzlich ist, weil er sich ganz schwarz trägt, so daß er sogar schwarzes Blut und eine ganz schwarze Seele haben soll. So sind wir nun auch hier mit unsern heiligen Amtskleidern, schwarz in Schwarz. Bedenkt nur, wie einem Missethäter, (die uns doch Gott hoffentlich bescheeren wird) zu Muthe

werden muß, wenn er hier hereintritt, und so wenig Richter als Gesetze wahrnimmt, und sich nun die Stimmen aus dem heiligen Dunkel erheben, und ihn wie Richter eines heimlichen Gerichtes verdammen. Es wird ein solches Entsetzen unter die Leute bringen, daß schon deswegen alle Missethaten aufhören werden.

5) Man hat den Richtern so oft vorgeworfen, daß sie sich haben bestechen lassen. Ich möchte sehen, wie es ein Delinquent anstellen wollte, uns hier in dieser Finsterniß zu bestechen; denn wir wären ja nicht einmal im Stande, zu unterscheiden, ob das Geld, das er uns anböte, ächtes oder falsches Geld wäre. Die Schönheit einer Verbrecherin wird auch nicht unsere Herzen rühren können, weil wir nicht im Stande sind, sie zu sehn; und so werden unsre Urtheile immer unpartheiisch seyn. Ihr seht, ich habe durch diese Finsterniß zugleich dafür gesorgt, daß wir ohne Anfechtung tugendhaft bleiben können.

6) Ich komme nun zum sechsten, letzten und zugleich wichtigsten Grunde. – Es scheint einmal eine ganz nothwendige Sache zu seyn, ein physischer Erfolg, der unmittelbar aus dem Rathschlagen entsteht, daß einige von Richtern bei den Verhandlungen einschlafen müssen. Es herrscht in einem Gerichtssaal immer eine Dosis narkotischer Ausdünstungen, die auf einige Köpfe fällt, und so das verursacht, was wir Schlummer oder Schlaf nennen. So wie es in einer Armee immer einige Leute geben muß, die sich fürchten, und die so gleichsam die Furcht verbrauchen, die einmal nothwendig da ist, und dadurch eben nützlich und Ursache sind, daß die übrigen desto muthiger bleiben. Eben so wie die Kranken in der Welt nur den Krankheitsstoff eingesogen haben, der in der Welt herumfliegt, und daß diese sich also zum Besten der Gesunden aufopfern. Es wäre gut, wenn Furcht in der Armee, Krankheit in der Welt und Schläfrigkeit in einem Gerichtssaale herumgehn könnten, damit es denen Wenigen nicht zu sauer würde, die sich damit einlassen müssen; aber die Erfahrung scheint dagegen zu sprechen. Es ist, als wenn gewisse Menschen reizbarer für diese Eindrücke wären, und ihre Nerven am Ende, wenn der Eindruck öfter geschieht, einen gewissen Habitum darin bekommen, so daß sie dann leicht die andern übertreffen, und fast ausschließend diese Bemühung auf sich nehmen. Ist es also ausgemacht, daß bei'm Berathschlagen einmal geschlafen werden muß, so habe ich ohne Zweifel für meine Herren Collegen und Freunde weit besser gesorgt, als es bisher noch irgend ein Baumeister

gethan hat. Denn es leidet keinen Zweifel, daß das muntre Licht, besonders aber wenn die fröhliche Sonne scheint, der Schläfrigkeit sehr entgegen arbeitet. Ich habe es auch oft bemerkt, wie zuwider den Schlafenden die Sonnenstrahlen sind, so daß sie die Augen reiben, den Kopf verdrüßlich hin und her wenden und in ihrem Stuhle irgendwo einen sichern Schatten suchen. Diesem Uebel ist nun abgeholfen, und ich denke, ich habe Dank von Euch Allen verdient. Daneben ist auch nun der Uebelstand vermieden, daß die citirten Partheien es niemals wissen können, wenn ihre Richter schlafen; denn da diese Kläger und Angeklagten gewöhnlich unwissende Leute sind, die noch in ihrem Leben nicht auf einem Richterstuhl gesessen haben, so wissen sie auch nicht leicht, was zu einem Richter gehört; sie machen daher von der Schläfrigkeit oft sehr schiefe und unrechte Auslegungen, nehmen sie gewöhnlich übel, und bringen bei andern Dummköpfen die Richter in eine üble Nachrede. Wenn Ihr also nunmehr sicherer schlafen könnt, so schafft Euch diese heilsame Finsterniß zugleich Gelegenheit, im Schlafe bessere Gedanken zu bekommen, und Euer Richteramt ist dadurch um so mehr vervollkommnet. Denn es würde eine große Unwissenheit verrathen, wenn man es läugnen wollte, daß einem oft die schönsten und scharfsinnigsten Gedanken im Schlafe kommen., wie mir denn zum Beispiel die meisten dieser sinnreichen Gründe für die Dunkelheit im Schlafe beigefallen sind. Es wird also wohl dahin kommen, daß nach allem diesem unser Rathhaus der verehrungs- würdigen und furchtbaren Höhle des Trophonius ähnlich wird, wo man in der Dunkelheit saß und endlich einschlief; im Schlafe aber offenbarte sich der Gott den um Rath Fragenden durch die seltsamsten Gesichter, und gab sein Orakel von sich. Wir haben also ein berühmtes und göttliches Beispiel als Muster vor uns; wir können daher mit so größerer Zuversicht auf unserm Wege fortwandeln.

Dies war es, was ich Euch zu sagen hatte. Ihr seht, daß alle meine Gründe auf der sichern Stütze der Weisheit ruhen und deshalb begründete Gründe zu nennen sind; sie sind nicht von denen Gründen, die man aus der Luft greift, oder vom Zaune bricht, und die daher jeder Narr haben kann, sondern es sind tief versteckte Gründe, zu denen man nur durch schwierige Umwege gelangt, und deren daher nur der ächte Weise habhaft werden kann. Ihr seht aus meiner heutigen Rede zugleich, wie man in der Ferne eine Sache fast für thöricht erklären möchte, die doch in der Nähe die Weisheit selber ist. Im Gegentheil gleicht die Thorheit manchmal einem perspektivischen Gemälde, das in der Ferne nach etwas aussieht, wenn man aber näher geht, so sind es nur grobe und verwirrte Striche.

Laßt uns nun zum Schlusse noch versuchen, wie es sich in diesem neuen Gebäude rathet; denke ein Jeder fleißig für sich nach, damit sich das Haus daran gewöhne, denn es ist mit dem Denken wie mit dem Schall; neue Häuser wollen sich anfangs nicht recht dazu bequemen.

Er hatte ausgeredet. Alle saßen in tiefen Gedanken und über ein Kurzes schliefen sie und schnarchten so stark, daß die Vorübergehenden draußen still standen, und sich über den großen Eifer ihrer Rathsherren wunderten. Das Feuer im Kamine war längst ausgebrannt, und die Denker erwachten erst in der tiefen Nacht, sie tappten nach der Thür und gingen nach Hause; Alle waren darüber einig, daß, nach der ersten Probe zu urtheilen, das neue Rathhaus zum Rathschlagen ganz unvergleichlich sey. Ueberwacht und von ihren patriotischen Bemühungen ermüdet, legten sie sich zu Bette und schliefen, wie es allen so guten Bürgern zu wünschen ist, einen sehr gesunden Schlaf.

Caput VI.

Rede zum Besten der Experimentalphysik. – Ein physikalischer Versuch.

So war das Rathhaus der Schildbürger eingeweiht, und die Bürger eilten, irgend einen Prozeß zu haben, damit er in dem neuen Gebäude geschlichtet werden könnte. Es fanden sich bald mehrere Gelegenheiten, Recht zu sprechen, und die Justiz wurde vortrefflich im Dunkeln gehandhabt, denn wenn man auch keine Polizei, noch irgend einen Diener der Gerechtigkeit gewahr wurde, so ging das Staatssystem doch immer seinen Gang fort und die Bürger waren glücklich und zufrieden. Es entstanden aber bald mehrere Unannehmlichkeiten, an die man anfangs nicht gedacht hatte. In der Dunkelheit des Saals konnte man nie wissen, welcher von den Rathsherren da war, oder welcher fehlte, keinem konnten die ihm gebührenden Titel gegeben werden, und einigemal hatte man viel zu lange Rath gehalten, denn alle Anwesenden waren eingeschlafen und hatten darüber die Mittagstafel und das Abendessen versäumt. Es fügte sich auch einigemal, daß die Leute mit den ausgesprochenen Urtheilen nicht zufrieden waren und öffentlich über das Gericht murreten. Man kam nicht darauf, es auf die Dunkelheit der Rathsstube zu schieben, sondern man maß alle diese Unfälle den unglücklichen Sternen bei, und war auf keine Abänderung bedacht.

Als man sich wieder einmal versammelt hatte, begegnete es dem Pyrrho, daß er in der Finsterniß seinen Stuhl nicht finden konnte; er irrte lange umher und traf auf keinen, worauf er denn, da er müde war, sich ergrimmt in eine Ecke stellte und folgende Rede hielt:

Meine Freunde, ich kann den Stuhl immer noch nicht finden und muß mich hier an die Wand lehnen, welches sich für einen Rathsherrn sehr wenig schickt. Wenn ich es nicht zu gewiß wüßte, daß mein Stuhl hier stehen muß, so würde ich am Ende zweifeln, ob er sich wirklich hier befinde; ich weiß nicht, wo er hingerathen ist, und kann die Augen nicht zu Hülfe nehmen, weil es zu finster ist. Seht, solcher Nachtheil erwächst uns durch die neumodische Einrichtung unseres Rathhauses, so schwer wird uns der Stand eines Rathsherrn gemacht. Ich fürchte gar sehr, unser Freund und College Philemon hat uns mit seiner neulichen sophistischen Rede nur hinter's Licht geführt, und wir sind etwas zu leichtgläubig gewesen, ihm sogleich Recht zu geben. Man kann jegliches Ding immer von mehreren Seiten betrachten, und es ist eben nicht Unrecht, wenn man nun einmal wieder über denselben Gegenstand ganz andre Gedanken herauskehrt. Es läßt sich gewiß für die Dunkelheit sehr viel sagen, und ich bin selbst zuweilen gern im Dunkeln; nur warum ein Rathhaus grade so sehr finster seyn muß, kann ich nicht einsehn. Gehört denn nicht das Licht zu den Elementen, ohne welches nichts wächst, gedeiht und zur Vollkommenheit reift? Die Pflanzen müssen so gut Licht, als Luft und Wasser und Erde haben, um sich zu entwickeln und ihr grünendes, liebliches Haupt hervorzuheben. Seht nur die kleinen Blumen an, wie sie sich manchmal winden und drehen, um nur ihr kleines Angesicht der Alles belebenden Sonne entgegen zu strecken. Sie härmen sich im Gegentheil ab und sterben elend dahin, wenn sie ohne Licht aufwachsen sollen; sie verschmachten in der Dunkelheit. Noch mehr Freude fühlen die lebendigen Kreaturen am Glanz des Tages; seht nur, wie der grüne Wald sich belebt, wenn am frühen Morgen die Sonne aufgeht und von allen Aesten der nasse Thau glänzt, und die Vögel von Zweig zu Zweig hüpfen. Das Wild brüllt vor Freude in den abgelegenen Gebüschen und springt dem jugendlichen Lichte entgegen; alle Vögel singen und zwitschern bis auf den kleinen Zaunkönig hinunter, der in seiner Freude doch auch nicht stumm seyn will; die Lerche schwingt sich über die Wolken hinaus, und spielt den Herold der übrigen Vögel, als wenn sie die Sonne im Namen Aller begrüßen wollte und ihr entgegenfliegen; so singt sie auch am Abend zur Ruhe, und legt sich dann zu Bette, bis sie die Dämmerung des Tages weckt. Dann steht sie in der Frühe auf, und bläst die fröhliche Trompete, die auch das andre Waldgeflügel munter macht. So gewaltig ist die Liebe zum Lichte, daß viele Völker deshalb die Sonne als ihre Gottheit angebetet, und ihr mit frühern Opfern gehuldigt haben. Warum, meint Ihr, soll ein Schildbürger Rathsherr allein keiner Sonne bei seiner Arbeit bedürfen? Warum wollen wir uns, gleich der lichtscheuen Fledermaus oder dem blinden Maulwurf, in die Dunkelheit verkriechen? Wenn die Pflanzen ohne Licht nicht wachsen können, so ist es gar wohl möglich, daß der Kopf des Menschen ohne Licht nicht denken kann; mir ist es wenigstens oft so gewesen, als wenn die Nacht hier um mich her alle meine innerlichen Geister gefangen hielte. Ich glaube, daß die Dunkelheit uns eben so den Kopf verstopft, wie der Stöpsel die Bouteille, so daß nichts heraus kann, und daß darum das Licht ein Pfropfenzieher genannt werden könnte, weil es den brausenden und schäumenden Gedanken den Weg eröffnet. Darum hat auch wahrscheinlich unsre Religion die Nacht dem Schlafe und den Tag der Arbeit gewidmet. Ihr müßt Euch übrigens nicht darüber verwundern, und es mit meinen Behauptungen widersprechend finden, daß ich hier in der Dunkelheit eine so vortreffliche Rede zu halten im Stande bin, denn ich habe sie mir schon draußen im Sonnenschein ausgedacht, sonst wäre es mir freilich selber unbegreiflich.

Es wäre unbillig, wenn ich nun nach dieser Einleitung vorschlagen wollte, diese Mauern mit Fenstern zu verunstalten, und so das ganze Gebäude zu verderben, abgerechnet, daß es von neuem zu große Kosten machen würde. Ich habe daher darauf gedacht, uns auf eine leichtere Art ein angenehmes Licht zu verschaffen.

Ihr werdet es ohne Zweifel wissen, meine Freunde, daß die Wissenschaft der Physik in den neuesten Zeiten gerade dadurch sehr viel gewonnen hat, daß man nicht sowohl versucht hat, neue Theorien aufzustellen, sondern im Gegentheil durch Erfahrungen und wiederholte Experimente der Natur auf die Spur zu kommen. Oft ist ein glückliches Ohngefähr der Erfinder der nützlichsten Sache gewesen. Vor dem Barthold Schwarz würde Jedermann gelacht haben, wenn man ihm vom Schießpulver hätte erzählen wollen; und doch ward die Sache nachher so einfach befunden, daß man glauben sollte, ein jeglicher Kopf hätte darauf verfallen müssen. So ist es auch mit der Schifffahrt und mit tausend andern Sachen gegangen. Es ist ein simples Wesen, daß der Tag durch's Fenster bricht, und da es in jedem Hause so ist, so kömmt es uns jetzt vor, als müßte es so seyn. Davon begreife ich aber die Nothwendigkeit nicht. Wer zuerst in der Nacht ein Licht anzündete, war gewiß ein großer Mann zu nennen. So wollen wir denn auch einen neuen Weg versuchen. Wenn man das flüssige Wasser in einem Gefäße tragen kann, warum nicht auch das Licht? Ihr werdet sagen, wenn Ihr nicht schlaft: es hat's noch keiner gethan, noch einer von uns jemalen thun sehen. Indessen ist das gar keine Antwort auf meine Frage. Nach der neuesten Meinung kömmt die Wärme nicht von der Sonne, wie doch Jedermann glauben sollte, sondern aus der Erde. Ihr werdet es öfters gelesen haben, wie man durch Bücher Licht und Aufklärung ordentlich ballenweise nach dunkeln Gegenden geschickt habe; nun, warum sollte es denn also nicht möglich seyn, auf eine ähnliche Weise Licht in unser dunkles Rathhaus zu schaffen? Um unsern Ruhm zu verherrlichen, ist vielleicht noch kein Sterblicher auf diesen einfachen Gedanken gerathen; darum aber wollen wir auch die Gelegenheit nicht unbenutzt lassen.

Weil man noch keine Erfahrungen darüber gesammelt hat, so kann es auch leichtlich seyn, daß es uns nicht geräth. Allein ich bin auch auf diesen Fall gefaßt. Wir brauchen es denn gar nicht zuzugeben, daß es uns eigentlich Ernst damit gewesen sey, sondern es kann dann blos als eine neue, kräftige Probe unsrer verstellten Narrheit dienen. Seht, so ist diese Sache immer in jedem Falle von sehr großem Nutzen.

Die Rede Pyrrho's fand sehr vielen Beifall, so daß man beschloß, schon am folgenden Tage, wenn die Sonn schiene, den Versuch anzustellen. Um die Mittagsstunde versammelten sich daher die Schildbürger mit schicklichen Instrumenten, um in der Experimentalphysik etwas zu thun; der Eine kam mit einem Sacke, der Andere mit einer Schaufel und einem Kessel, ein Dritter lud das Licht in einen Eimer, und so war ein Jeder beschäftigt, Licht und Aufklärung in die Rathsstube zu schaffen. Die Geschichte erwähnt ganz ausdrücklich eines Schildbürgers, der die Sonne auf eine eigne Weise zu überlisten gedachte. Er hielt ihr nämlich geschickt eine Mausefalle entgegen, und ertappte so die Strahlen, die er dann, nach seiner Einbildung im Rathhause wieder laufen ließ.

Alle Mühe und Arbeit war aber gänzlich vergebens, denn es blieb darin so finster, als zuvor.

Caput VII.

Die Schildbürger trösten sich und verändern ihr Rathhaus.

Als die Schildbürger nun einsahen, daß ihr Beginnen gänzlich vergebens sey, standen sie endlich still, und Einer sah den Andern an. Der alte Gerard sagte: Nein, wahrlich, meine lieben Mitbürger, wir greifen die Narrheit zu hitzig an; was unser großes Werk nach vielen Jahren hätte krönen sollen, um endlich etwas zu leisten, wobei der ausgemachteste Narr hätte gestehn müssen, daß er in der Kunst nicht weiter könne, dieses Allerhöchste haben wir gleich in unsern Bemühungen vorangestellt. Darum soll man doch selbst über etwas Gutes ja nicht zu heftig herfallen. Ich fürchte überhaupt, daß diese Thorheit, die wir hier vorgenommen haben, etwas so Thörigtes sey, daß sie fast aus keiner Verstellung herrühren könne. Bedenkt Euch, meine lieben Freunde, und thut Euch Einhalt.

Barthel sagte hierauf: Lieber Schwager, wie bist Du doch so ganz ohne Noth für uns besorgt? Du wirst fast etwas zu alt, und darum dünkt Dir in dieser Welt nichts mehr recht und gut eingerichtet, wie dann das Alter immer eine Unzufriedenheit mit andern Menschen mit sich führt. Denn ich kann nicht einsehn, warum wir hier etwas so Thörichtes gethan haben sollen; wir haben nur das unternommen, was sich für jeden Menschen ziemt, der mit den Begriffen seines Verstandes weiter zu kommen denkt. Wir haben eine Erfahrung mehr gewonnen, und können nun mit Gewißheit behaupten, daß sich das Licht nicht auf diese Weise fortbringen läßt; wir können nun auch Jedermann abrathen, der es vielleicht nach uns versuchen wollte; das konnten wir vorher nicht, denn wir hatten keinen vernünftigen Grund dazu. Jetzt aber sind wir unsrer Sache so ziemlich gewiß. Ihr erinnert Euch, wie der weise Aesopus seine Lehren und Reden fabelweise vorzutragen pflegte, um es seinen Zuhörern und Lesern eindringlicher zu machen. So fällt mir jetzt auch eine Geschichte ein, die wie dazu gegossen, auf unsern Zustand paßt, und die jeden Unzufriedenen unter uns trösten und beruhigen muß; ich will sie Euch also vortragen.

Es trug sich einmal zu, daß meines Großvaters Vater von einem Andern diese Rede hörte: Ei, was sind Rebhühner doch für ein schönes Essen! Mein Urgroßvater fragte ihn, ob er dieses Geflügel gegessen habe, daß er es so genau wissen könne? Nein, antwortete der Andere, aber ich habe Einen vor dreißig Jahren gesprochen, dessen Großvater sie in seiner Jugend von einem Edelmann hat essen sehn. Mein Urgroßvater bekam durch dieses Gerede ein übermäßiges Gelüste zu Rebhühnern; da er aber keine Rebhühner haben konnte, so besann er sich auf das Beste, was er wußte, und das waren Butterküchlein. Er ging deshalb zu seinem Weibe, und begehrte, daß sie ihm diese Speise machen sollte, sie aber entschuldigte sich damit, daß sie keine Butter oder Sahne, Milch, enfin Fett im Hause habe; er möchte also seinen Appetit bis auf eine bessere Gelegenheit stillen. Damit aber war mein Urgroßvater nicht zufrieden, und sagte, daß, wenn sie keine Butter, Milch, Sahne, oder enfin Fett im Hause habe, so solle sie die Sache einmal mit Wasser versuchen. Es geht nicht, antwortete die Frau, denn sonst hätte ich schon lange Küchlein gegessen, und das Wasser sollte mich nicht gereut haben. Du kannst es nicht wissen, antwortete meines Großvaters Vater, denn Du hast es niemals versucht. Versuche es, und will es nicht gerathen, dann erst magst Du sagen: es geht nicht. Die Frau meines Urgroßvaters mußte endlich ihrem Manne nachgeben, sie rührte deswegen einen dünnen Teig ein, und setzte dann eine Pfanne mit dem Teige über's Feuer. Mein Urgroßvater stand daneben und hielt einen Teller hin, und wollte das erste Butterküchlein gleich warm aus der Pfanne essen, ward aber betrogen, denn es war ein mehliger Teig oder Brei geworden. Die Frau sagte hierauf zornig: Nun, hab' ich Dir's denn nicht gesagt, daß es nicht geht? Immer willst Du Recht haben, und kannst doch viel wissen, wie man Küchlein backen soll. Schweig, liebe Frau, sagte mein Urgroßvater; laß Dich's nicht gereuen, daß Du es versucht hast, man versucht ein Ding auf allen Wegen, bis es zuletzt gerathen muß; ist es schon diesmal nicht gerathen, so geräth es vielleicht ein andermal; es wäre ja doch eine feine, nützliche Kunst gewesen, wenn es von ohngefähr gerathen wäre. – Nun seht, meine Freunde, eben also ist es uns auch mit unserm Versuche ergangen.

Die Schildbürger waren durch diese Rede wieder sehr getröstet, sie ließen in ihrem Archive mit großen Buchstaben die neuerfundene Wahrheit niederschreiben, daß sich das Tageslicht nicht in Säcken forttragen lasse. Einer von ihnen schrieb auch eine weitläuftige Abhandlung, worin er zu beweisen suchte, daß es unmöglich sey, und sich dabei besonders auf den neulich angestellten Versuch steifte.

Da die Schildbürger endlich so durch die Noth gezwungen wurden, der dummen gemeinen Weise zu folgen, so machten sie, wie alle übrigen Menschen, Fenster in ihr Rathhaus, und dem Schaden war abgeholfen.

Caput VIII.

Von der Verfassung, der Religion, der Philosophie der Schildbürger; Zustand der Künste und Wissenschaften.

Ich habe so weit dem Leser die Vorfälle vorgetragen, wie ich sie in der Geschichte der Schildbürger gefunden habe. Nach Art der griechischen und römischen Historiker habe ich ihm zugleich die Reden mitgetheilt, die bei den wichtigsten Begebenheiten gehalten wurden. Jetzt ist es ihm vielleicht angenehm, eine kurze, allgemeine Uebersicht des ganzen Landes zu bekommen.

Die Staatseinrichtung der Schildbürger war eigentlich monarchisch, denn ihr Bürgermeister, oder wie ihn andere Schriftsteller nennen, ihr Schultheiß, hatte das Meiste zu sagen, und ihm waren bei wichtigen Gelegenheiten die Rathsherren untergeordnet, so daß er jeder Sache den Ausschlag geben konnte.

Die Geschichte der Schildbürger ist so fragmentarisch, daß wir dem geneigten Leser hier unmöglich die Reihe ihrer Regenten und wie ein jeder beschaffen war, so auch, was sich unter jedem Merkwürdiges zugetragen, herrechnen können. Vor der gegenwärtigen Periode ist Alles in Dunkelheit, und man hat nur ungewisse und fabelhafte Traditionen. So nennt die Mythologie einige dieser Bürgermeister, die das Vorrecht ganz sollen aufgegeben haben, daß die Bürger den Hut vor ihnen abgezogen haben, und die sich mit einem simplen »guten Morgen,« oder »guten Abend« sollen begnügt haben; einige andre sollen ihr Gehalt unter die Armen haben vertheilen lassen; doch sind alle dergleichen Nachrichten, wie gesagt, billig unter die Fabeln zu rechnen.

Die Macht des Bürgermeisters griff in diesen Zeiten sehr um sich, so daß er sich auch in das geistliche Regiment mischte. Seit undenklichen Zeiten war es nämlich eine hergebrachte Sitte, daß der Prediger die freie Wahl hatte, welche Lieder er zu seiner jedesmaligen Predigt wollte singen lassen; dieses Vorrecht aber maßte sich Barthel, als dermaliger Bürgermeister, an, der gewählt worden, nachdem Gerard mit Tode abgegangen. So kam es, indem der Bürgermeister seine Lieblingslieder singen ließ, daß sie oft zum Text der Predigt gar nicht paßten; der Prediger sprach von Toleranz, der Staat ließ von Verfolgung singen, so daß oft die Kanzel und die Orgel mit einander einen Streit zu führen schienen, wer das letzte Wort behalten würde.

Das Reich war übrigens ein Wahlreich, und die Bürger hatten das Recht zu wählen. Nirgends aber, als in Schilda, kann das bekannte Sprichwort entstanden sein: Wer die Wahl hat, hat die Qual; denn die Bürger waren eben wegen des Wahlrechts übel daran. Jeder Rathsherr suchte für sich durch Geld, Drohungen und alle mögliche Mittel, Stimmen zu sammeln, jeder suchte sich zu rächen, wenn er durchgefallen war; und so brachten Furcht und Bestechungen immer einen Mann auf den Thron, den die Bürgerschaft gewiß nicht gewählt haben würde, wenn sie freie Faust gehabt hätte.

Die Stoiker hatten den Lehrsatz: Nur allein der Weise sey ein König, selbst in der Sklaverei. Dieser Satz fand unter den Schildbürgern viele Freunde, denn alle waren von ihrer Weisheit überzeugt, und darum hielt sich auch ein Jeder für den Vornehmsten. Damit ein jeder Einwohner, soviel als möglich, unumschränkt herrschen könne, verachtete er alle übrigen. Und eben dadurch entstand der edle Wetteifer, daß Jeder auch den andern durch Handlungen zu übertreffen suchte, wodurch sich die Schildbürger ihren unsterblichen Ruhm erworben haben.

Außerdem war in ihrer politischen Verfassung noch eine Art von Ostracismus üblich, wodurch sie eben, wie die Athener, diejenigen zu verbannen pflegten, die im Lande zu klug zu werden gedachten, da sie sich erst einmal zur Fahne der Narrheit bekannt hatten; nur daß sie sich nicht die Mühe gaben, ihre Meinung auf Tafeln zu schreiben, sondern diese weitläuftige und langweilige Procedur mehr in's Kurze zogen. Es hatten sich nämlich einmal zwei Fremdlinge in ihrem Lande niedergelassen, die ihre Narrheit nicht mit zu machen gedachten, sondern nach ihrer eigenen Weise lebten, ihr Gewerbe trieben und sich ehrlich nährten. Da diese Sonderlinge sich nicht zu den Landesgesetzen bequemen wollten, verfolgte man sie billig so lange mit Verläumdungen, bis diese sich nach einem andern Wohnorte umsahen, und das Land dadurch von diesen gefährlichen Menschen befreit war.

Was den Charakter der Einwohner anbetrifft, so scheinen sie, nach allen Nachrichten, das redlichste und edelste Gemüth von der Welt gehabt zu haben. Unter vielen Beispielen, die dies beweisen, will ich nur eins anführen. Sie hatten einen schlechten Dichter in ihrer Gegend, mit Namen Gottschalk. Dieser hatte es sich herausgenommen, einen berühmten Helden weitläuftig zu besingen; er hatte dabei, um das Gedicht poetischer einzurichten, dem großen Manne sehr unrecht gethan und aus Kurzsichtigkeit hinzugelogen und weggelassen, um nur die Einheit, die er beabsichtigte, hervorzubringen, so daß in seinem Werke Geschichte und Poesie gleich sehr verfälscht war. So hatte er auch die Verse schlecht gemacht, und mit einem Worte Alles verdorben. Dieses ließen ihm die Schildbürger, wie es billigen Leuten zusteht, ungerügt hingehn, denn kein guter Bürger hat sich darein zu mengen, wenn sich irgend einer an der Kunst vergreift, denn die ganze Bande der neun Musen mit ihrem Oberhaupte Apollo, war bei den Schildbürgern vogelfrei und genoß nicht des Schutzes der Gesetze. Als man aber vorgab, dieser Gottschalk habe einen höchst unbedeutenden

Brief nur durch einen kleinen, höchst unbedeutenden Zusatz verfälscht, entstand ein großes Geschrei im ganzen Lande; man sprach heftig gegen ihn, man vertheidigte ihn, man konnte des Gewäsches und des Eiferns gar nicht müde werden. Dies beweiset nach meinem Urtheile sehr gut, daß die Schildbürger über die Tugend so dachten, wie es edlen Männern geziemt.

Von der Religion der Einwohner haben wir nur sehr ungewisse Nachrichten. Man behauptet, daß die Vornehmern gar keiner bestimmten Religion sollen zugethan gewesen sein. Im ganzen Leben hielt man viel von der Toleranz und Moral, man beeiferte sich gegenseitig, und einer suchte den andern in einer recht schönen, liebenswürdigen Toleranz zu übertreffen; dabei aber wurden die Gemüther unvermerkt so erhitzt, daß sie gegen diejenigen sehr intolerant waren, die nicht so aufgeklärt dachten, als sie. Dies mußten auch die beiden Fremdlinge erfahren, von denen schon oben gesprochen ist, die es versuchten, eine wirkliche Religion zu haben, und darüber für abergläubisch ausgeschrieen wurden.

Auf dem Todbette wurden die Schildbürger immer fromm und bekehrten sich, auch in gefährlichen Krankheiten; es geschahe selbst manchmal, wenn einer des Nachts aufwachte und nicht wieder einschlafen konnte. Am Morgen aber sahen sie ihre Thorheiten und waren bis auf den Abend wieder starke Freigeister.

Die Philosophie der Schildbürger war von der Art, daß es Jedem im Lande leicht war, ein Philosoph zu seyn. Denn man hatte die Einrichtung getroffen, daß sich zur Zeit immer nur einer von den Bürgern damit beschäftigte, so daß es die Uebrigen dann darin leicht hatten, daß sie bloß das nachsagten, was ihnen ihr Vorphilosophirer vorsagte. Dabei befanden sie sich sehr wohl, Keinem ward das Denken sonderlich sauer, weshalb auch diese Gewohnheit immer ist beibehalten worden.

Die Wissenschaften und schönen Künste standen bei den Schildbürgern im großen Flor. Man zählt die Poesie zwar zu den brodlosen Künsten, doch unterließ man es nicht, großes Interesse an ihr zu nehmen. Ohne Zweifel ist es auch nur den Barbaren vergönnt, die Künste zu verachten und sie nicht auszubilden; dies sahen auch die Schildbürger sehr wohl ein, und darum thaten sie auch weislich das Gegentheil. Da aber dieses Studium viele Zeit erfordert und es auch einigermaßen beschwerlich ist, sich damit einzulassen, so hatte man auch hierin Leute angestellt, die den übrigen Bürgern sagten, was sie von diesem und jenem Buche zu halten hätten. Diese Einrichtung gefiel den Einwohnern ungemein und sie übten sich daher so lange darin, bis sie es dahin brachten, daß sie es gar nicht mehr nöthig hatten, die Werke selbst zu lesen, sondern sie erholten sich nur bei denen Raths, die sie in ihrem Namen beurtheilten. Daher kam auch die wunderliche Sitte, daß es jedem öffentlichen Beurtheiler erlaubt war, sich gleich den Königen und Fürsten in seinen Briefen Wir zu schreiben, weil Jeder fest überzeugt seyn konnte, daß er immer im Namen von tausend Andern spreche. So brachten manche Leute ihre ganze Zeit damit zu, über Bücher zu sprechen, ohne selbst nur ein einziges Buch zu lesen, und die Beurtheiler wurden in ihrer Kunst so perfekt, daß sie es auch am Ende unterließen.

Es sey mir vergönnt, nur noch einige Denkwürdigkeiten ihres Theaters beizubringen, bevor ich dieses Kapitel schließe. Die Schildbürger waren eine so edelmüthige Nation, daß sie ihre Schaubühne zu nichts Anderm brauchen wollten, als nur zu einem Anhange des Lazareths, um sich darin zu bessern. Sie sahen ein, daß sie viele Fehler an sich hatten, und deshalb gingen sie in's Theater, um sich davon zu reinigen. Das Schauspiel war also nicht etwa nur ein Spiel der Phantasie, oder ein Ort, wo man die Zeit mit angenehmen Possen hinbrachte, sondern eine wahre Schule der Sitten. Die Schildbürger nahmen es auch so genau, daß sie die Stücke gar nicht ausstehen konnten, in denen sie etwa unverhoffterweise hatten lachen müssen; ja es ging so weit, daß sie selbst das Marionettentheater verabscheuten, das sich dort etabliren wollte: nicht etwa deswegen, weil die Marionetten sich vielleicht nicht mit dem besten Geschmack vertrugen, sondern sie erduldeten es deswegen nicht, weil diese unvernünftigen Puppen sich unterstanden, alberne Possen vorzubringen, und nicht edelmüthig dachten und empfanden, sie sahen daher ein, daß ein weichgeschaffener Mensch unmöglich mit diesen hölzernen Geschöpfen simpathisiren könnte, und deshalb untersagten sie dieses Schauspiel.

Mit eben dem Rechte, mit dem sie das Lustspiel verabscheuten, verfolgten sie auch das eigentliche Trauerspiel. Sie bekümmerten sich nichts darum, ob ein König sein Reich verlor und er im Elend verschmachten mußte, denn sie sahen ganz richtig ein, daß sie hier nicht mitfühlen könnten, weil sie keine Könige wären. Sie verstanden es nur, wenn einer unter ihnen Schulden hatte, oder einen Sohn, der lieber Geld verzehrte, als verdiente; hier waren ihre Herzen diesen tragischen Eindrücken offen, und die edlen Thränen ergossen sich haufenweise; besonders aber, wenn der großmüthige, wackere, arbeitsame Hans, die zarte, gutfühlende, liebeathmende Grete in den ersten Akten nicht heirathen konnte, so wußten sich die großmüthigen Zuschauer vor Mitgefühl nicht zu lassen, so daß man Beispiele hat, daß Einige in Ohnmacht gefallen sind, Andre zu den gebrannten Wassern ihre Zuflucht haben nehmen müssen, um vor den großen Eindrücken nur nicht gar zu Grunde zu gehen.

Man sieht, auf welcher hohen Stufe der Cultur diese unsere Vorfahren, die von Manchen verachtet worden, gestanden haben, so daß sie wohl mit Recht die weiland atheniensischen Griechen über die Achseln ansehen konnten, als die ihre Trauerspiele mit Aberglauben und ihre Lustspiele mit den ungereimtesten Possen anfüllten. Die Vernunft und das Herz der Schildbürger im Gegentheil war in ihren Theatern sehr gut aufgehoben, denn man lehrte sie hier durch abschreckende Beispiele, wie Keiner falsche Testamente machen oder nach Italien reisen sollte, wie es unrecht sey, zu stehlen, oder auch im Gegentheil nicht zu heirathen; das achte Gebot der Verläumdung ward auch durchgenommen, so wie man in einem andern Stück die Einwohner um Gotteswillen bat, doch ja nicht zu witzig zu seyn, denn es könne wohl gar nach Algier in die Sklaverei führen.

Es wird vielleicht nicht undienlich seyn, die beiden hauptsächlichsten Dichter nur ganz kurz zu charakterisiren, die sich in der blühendsten Periode um die Nation verdient machten. Zu bedauern ist es, daß ihre Schriften verloren gegangen sind, so daß wir nur dunkeln Traditionen folgen können, die uns keine recht deutlichen Begriffe geben.

Der hauptsächlichste ihrer Dichter und der am meisten vergöttert wurde, hieß Augustus. Er war es vorzüglich, der den vorhin geschilderten Geschmack veranlaßt hatte. Ihm hatten die Schildbürger die schöne Erfindung zu danken, daß gegen Ende der Stücke ein edler Mann auftrat, der Schulden bezahlte, und der jedesmal die einzige Ursach war, daß die Zuschauer mit ziemlich leichtem Herzen nach Hause gehen konnten. Er soll auch der Erste gewesen seyn, der öffentlich vor Witz gewarnt hat, und durch sein eigenes Beispiel bewiesen, wie man ihn am bequemsten vermeiden könne. Er soll auch die Präsidenten und vornehmen Bösewichter erfunden haben, an denen der Tugend zum Besten Exempel statuirt wurden, so daß die Biederkeit mit Recht den Sieg davon trug. Dieser große Mann schrieb sehr viel, und erschöpfte sich doch nie, denn er wußte einen einzigen trivialen Satz geschickter als der beste Musikus zu variiren

Der zweite große Mann war Hans Knopfmacher. Er war der Erste, der in seinen Stücken die damals neue Maske der ehrlichen, fast zu tugendhaften Huren erfand. Diese Vorstellungen besserten die Schildbürger ganz ungemein, und Mädchen und Weiber bildeten sich nach diesen zarten Charakteren. Er liebte es sehr, wenn seine Stücke keinen Zusammenhang hatten; was Einige an ihm haben tadeln wollen. Sonst war er noch wegen einer andern Eigenthümlichkeit merkwürdig. So wie manche indianische Zeuge einen rothen Flecken als Zeichen der Aechtheit haben, so konnte man seine Stücke gewöhnlich an einem Mohren oder Araber erkennen, den er geschickt in die Handlung hineinzuflechten wußte; ja, man hat eine artige Anekdote von ihm, die seine Liebe zur Schwärze ziemlich deutlich macht: denn als er einstmals ein Stück schrieb, in das sich durchaus kein Mohr hineinschicken wollte, so verfiel er auf einen andern Kunstgriff; er beschloß nämlich sein Stück mit einer Decoration, die ein ganz schwarz ausgeschlagenes Zimmer vorstellte, worüber die Schildbürger laut ihren Beifall zu erkennen gaben, daß er so glücklich diese Schwierigkeit mit den Mohren überwunden habe.

So viel vom Theater.

Das edle Gemüth kann aber zu weit gehn und sich gleichsam überspringen, und dieser Satz bestätigte sich auch an den Schildbürgern. Denn sie gingen am Ende so weit, daß sie ihren Spitzbuben Gedichte und Oden vorlasen, um sie vom Laster zurückzubringen, und auf die gelindeste Weise ohne Galgen zu bessern; worüber man sich aber zu wundern hat, ist, daß die Poesie bei diesen abgehärteten Leuten ihre officinelle Wirkung gänzlich verlor, so daß sie eben so merkwürdig als der pontische Mithridates sind, bei dem im Gegentheil wegen der Uebung kein Gift anschlagen wollte.

Die Malerei benutzten sie vorzüglich dazu, daß sie alle Arten der Torturen darstellten, wodurch sie es dahin bringen wollten, daß die Criminalverbrecher sogleich beim Anblick der gepeinigten Menschen ihr ganzes Geständniß ablegten. Ich habe in den neuesten Zeiten denselben Vorschlag in dem bekannten Buche Orestrio wiedergefunden, so daß nichts wahrer ist, als das alte Sprichwort: Es geschieht nichts Neues unter der Sonnen.

Doch, es ist Zeit, daß ich mich zur Geschichte zurückwende.

Caput IX.

Der Bürgermeister stirbt. Ein andrer wird gewählt. Sein Charakter.

Die Schildbürger hatten sich nach und nach so in ihre Lage gefunden, daß Keiner unter ihnen mehr daran dachte, daß sie den Vorsatz gefaßt hatten, sich närrisch zu stellen. Die Natur und das Genie machten, daß sie der Kunst gänzlich entbehren konnten. Alle Dinge, die sie unternahmen, trieben sie daher auch sehr ernsthaft; und so gingen sie immer tiefer in das Gebiet der Thorheit hinein, so daß es ihnen endlich unmöglich fiel, den Rückweg wieder anzutreffen.

Es traf sich, daß der damalige Bürgermeister starb, und daß daher ein neuer gewählt werden mußte. Die Einwohner hatten bis dahin immer die Aeltesten und Einsichtsvollsten zu diesem Amte genommen; jetzt fielen sie darauf, einmal eine Abwechselung vorzunehmen, und einen Mann einzusetzen, der stark von Gliedern wäre, damit er im Amte länger ausdaure und sie nicht zu oft die Mühe des Wählens hätten. So kam der Meister Caspar zur Regierung, der bis dahin Fleischer gewesen war.

Die ansehnliche Statur des Mannes schien dem ganzen Staate Ehre zu machen, und alle Schildbürger versprachen sich eine äußerst vortreffliche Regierung. Er trat sein Amt mit vielen guten Vorsätzen an, und ging daher zuerst in's Bad in die nächste Stadt, um Alles von sich abzuwaschen, was dem ehemaligen Caspar gehörte, damit er das neue vornehmere Leben nachher um so bequemer anfangen könnte. Diesem begegnete unterwegs ein Andrer, der ehemals sein Kamerad gewesen war und nicht wußte, daß er jetzt Bürgermeister zu Schilda war; er fragte also ohne Umstände: Caspar, wo gehst Du hin? Der Bürgermeister besann sich nicht lange, sondern antwortete sehr behende: Mein Freund, mit dem Du und dem Caspar ist es nun vorbei, denn wir sind solches nicht mehr, wir sind nunmehr unser gestrenger Herr, der Bürgermeister von Schilda, geworden. Er ging hierauf in die Stadt in's Bad und setzte sich nachdenklich auf eine Bank. Nach einiger Zeit fragte er einen Andern, ob dies die Bank sey, auf der die Herren zu sitzen pflegten. Als man Ja antwortete, rief er: Seht, das habe ich mit meinem Verstande doch gleich gemerkt, denn ich bin Bürger-meister zu Schilda geworden. Die Uebrigen lachten, aber er beharrte in seiner tiefsinnigen Positur. Der Bader kam, und fragte, ob man ihn schon gerieben und ihm den Kopf gewaschen habe. Caspar aber sagte: Ach, lieber Bader, wir Bürgermeister in Schilda haben so wichtige Sachen zu sinnen, daß ich unmöglich darauf habe Acht geben können.

Als er gebadet war, ging er wieder nach Hause, und seine Frau trug ihm auf, ihr zum nächsten Sonntag einen schönen Pelz zu kaufen. Er ging also wieder in die Stadt und fragte gleich im Thore: wo der Mann wohne, bei dem die Bürgermeister ihren Frauen Pelze zu kaufen pflegten. Da die Leute seine Narrheit merkten, schickten sie ihn erst zu einem Wagenmacher und dann zu einem Bäcker; endlich aber gerieth er an einen Kürschner, wo er sich einen sehr schönen Pelz aussuchte. Die Frau war über die Maßen glücklich und konnte den nächsten Sonntag nicht erwarten, um sich damit öffentlich in der Kirche zu zeigen. In der Nacht vorher schlief sie gar nicht, und glaubte endlich, es würde gar nicht Tag werden. Die Sonne ging aber doch zu ihrer großen Freude auf, und nun fing sie sogleich an, sich zu schmücken, um dem neuen Pelze keine Schande zu machen. Sie hatte so lange gezögert, daß es sich also fügte, daß man eben wieder aus der Kirche nach Hause gehen wollte; alle Weiber waren daher aufgestanden, als sie in die Kirche hereintrat. Sie glaubte nicht anders, als es geschehe ihretwegen, sagte also sehr bescheiden: Bleibt nur sitzen, lieben Nachbarsleute, denn ich überhebe mich meines jetzigen Standes nicht, ich weiß die Zeit noch gar wohl, da ich diesen schönen Pelz nicht hatte, und nicht anders einherging, als ihr jetzt thut. Der Mann trat auch hinzu, und sah, daß einige Hunde in der Kirche umherliefen; er sagte daher sehr zornig: Nun wahrlich, ich muß unter meinen Unterthanen ein andres Regiment einführen. Er gebot hierauf sogleich, daß sich kein Hund durfte auf den Straßen, oder an öffentlichen Oertern sehen lassen; womit die Schildbürger sehr unzufrieden waren.

Caput X.

Der Handel und die Wissenschaften werden eingeschränkt.

Die Einwohner glaubten sehr bald Ursache zu haben, die Wahl ihres neuen Bürgermeisters zu bereuen. Gleich bei'm Anfang seiner Regierung zeigte er eine große Abneigung gegen alle Künste und Wissenschaften, die er nur für den unnützen Zeitvertreib der Müßiggänger ansah.

Was aber den Staat in die größte Verwirrung brachte, war, daß der Regent allen auswärtigen Handel untersagte und die Verordnung gab, daß man alle Bedürfnisse im Lande selber erzeugen solle. Das Land war sehr klein und brachte weder Baumwolle, noch Wein, weder Citronen, noch schlesische Leinwand hervor, so daß den Einwohnern nach diesem Befehle fast nichts mehr übrig blieb.

Er verordnete ebenfalls, daß alle Bücher, die im Lande gelesen würden, auch im Lande geschrieben werden sollten; er verbot die Einfuhre alles fremden Verstandes; denn er sagte, die Sachen in den Büchern sind entweder bekannt, oder unbekannt; im ersten Falle können sie ungelesen bleiben, im zweiten aber gar leicht gefährliche Folgen haben, da sie nicht im Lande ersonnen sind.

Alle Schriftsteller und Künstler mußten daher Landeskinder seyn; und so litten die Einwohner großen Mangel an geistiger und körperlicher Nahrung.

Caput XI.

Vorbedeutung einer Veränderung.

Die Schildbürger gaben sich unter einander ihr Mißvergnügen zu verstehen, und die Aeltesten unter ihnen schüttelten über die Einrichtungen des neuen Bürgermeisters sehr die Köpfe. Sie fürchteten für die Wohlfahrt des Staats, besonders da sie sahen, daß der Regent sich selber nicht scheute, Contrebande zu machen, und seine Kleider aus fremden Ländern zu holen, um sie nur kostbarer zu haben.

Es fing an im Lande eine schwüle Luft zu entstehn, die gewöhnlich vor einem Gewitter hergeht. Man hörte Jedermann murren, man kam in der Schenke häufiger zusammen und blieb länger, als gewöhnlich. Die Leute fingen an, über die Menschenrechte zu denken und zu sprechen; einige Redner standen auf, die den Uebrigen ihre verworrenen Begriffe auslegten. In jeder Gesellschaft sprach man gern über die Staats-einrichtungen, Jedermann tadelte und es währte nicht lange, so belegte man Caspar mit dem Namen eines Tyrannen. Alles dieses war für den feinern Politiker von schlimmer Vorbedeutung, der mit vieler Wahrscheinlichkeit eine Veränderung des Staats vorhersagen konnte.

Caput XII.

Die Revolution bricht aus.

Es geschah von ohngefähr, daß durch ein Versehen der Brief eines Auswärtigen an einen Einwohner in Schilda dem Bürgermeister in die Hände fiel. Aus diesem Briefe wurde deutlich, daß viele Bürger damit umgingen, in Schilda eine Empörung zu veranstalten, das alte Regiment umzustürzen und ein neues einzurichten. Man ließ sogleich diesen Empörer, an den der Brief gerichtet war, einziehn, so wie die Uebrigen, die in dem verdächtigen Schreiben genannt waren. Man untersuchte ihre Papiere und fing ihre Briefe auf und es fand sich, daß immer mehr Leute eingezogen werden mußten, weil ein oder der andre Umstand in diesen Briefen vorkam, der sie verdächtig machte. Da man jeden Wink benutzte, so hatte der Verdacht gar kein Ende und die eigentliche Untersuchung der Sache konnte immer noch nicht ihren Anfang nehmen.

Die Schildbürger lebten in der größten Angst, da sie so viele von ihren Freunden und Bekannten im Arreste sahen, und mit jedem Tage Andre in's Gefängniß gesteckt wurden. Der öffentliche Kerkermeister hatte mit ihrer Verpflegung alle Hände voll zu thun und erschrak, als das Gefangennehmen immer noch kein Ende nehmen wollte.

Schon saß ganz Schilda in den Gefängnissen, als sich noch ein Brief fand, der auch den Kerkermeister verdächtig machte; ja was noch mehr war, ein andres Schreiben schien sogar den Bürgermeister selbst als einen Empörer anzuklagen. Der letzte ließ sich daher, um zu zeigen, daß er ein guter Bürger sey, gefangen setzen, und der Kerkermeister mußte sich selber bewachen.

Da nun kein Gericht niedergesetzt werden konnte, der Kerkermeister also nicht die Erlaubniß erhielt, frei herumzugehn, so bekümmerte sich Niemand um die Gefangenen und sie mußten in ihrem Arreste hungern und große Noth leiden. Statt in den gewöhnlichen Häusern zu wohnen, lagen die Einwohner im Kerker einquartiert und wußten nicht, woran sie waren, bis sie endlich, vom Hunger und Ungeduld getrieben, Alle zugleich herausstürzten, durch die Gassen liefen und einmüthiglich ausriefen, daß die Empörung nun wirklich ausgebrochen sey.

Caput XIII.

Eine neue Verfassung wird eingeführt.

Da man nun nicht nur die Mehrheit der Stimmen, sondern sogar alle Stimmen für eine Staatsveränderung zu haben schien, so ward sogleich ohne Weiteres der Bürgermeister seines Amtes entsetzt, und Caspar sah sich gezwungen, wieder eine Privatperson vorzustellen. Als Einige nunmehr zu einer neuen Wahl schreiten wollten, stand Einer unter ihnen auf und sagte:

Warum wollen wir uns denn stets wieder die alte Qual verschaffen? Warum wollen wir nicht irgend etwas Neues versuchen, um zu erfahren, ob wir es auf diesem Wege nicht vielleicht besser haben? In der ganzen Welt sind, wie man sagt, Regierungen und Staatsverfassungen eingeführt, aber daraus folgt noch gar nicht, daß sie nothwendig sind, denn sonst müßten auch tausend andre Sachen nothwendig seyn, deren Entbehrlichkeit doch selbst der blödeste Verstand begreifen kann. Jedes Regiment, es mag Namen haben, welche es will, ist nur darum erfunden, um die Menschen im Zaum zu halten, weil sie Narren sind. Das Gesetz und der Zwang müssen die Stelle der Weisheit vertreten, weil sie sich von der Minerva nicht wollen regieren lassen. Die Strafen müssen an die Stelle der philosophischen Beweise treten, und so sieht jeder Bürger am Ende in der Ferne so ziemlich tugendhaft aus, weil er von allen Seiten so eingeschnürt und eingeengt ist, daß er sich weder rühren noch regen kann. Diese Gesetze und Regierungen sind aber weisen Männern unanständig, die durch sich selber immer gut und ohne alle Gesetze strenge nach den Gesetzen handeln. Wenn wir Autorität und Zwang verbannen, ist es dem Tugendhaften erst möglich, zu zeigen, daß er um ihrer selbst willen die Tugend liebe, weil sonst Jeder, ja er selbst, glauben könnte, er fürchte sich vor dem Zwange und vor der Strafe. Darum wollen wir die höchste Freiheit unter uns einführen, und der Welt zeigen, wie es möglich sey, auf diese Art glücklich zu werden. Dann erst werden große Männer unter uns aufstehn, gegen die alle diejenigen, die sonst an den Höfen der Fürsten dienten, nur Kinder und Narren waren.

Die Schildbürger gaben dieser Rede den ungetheiltesten Beifall; Jedermann versprach laut, tugendhaft und ein großer Mann zu werden, und so hob man alle Gesetze auf, so wie die ganze Verfassung, und ein Jeder ging als der freieste Mann nach Hause. So war der Staat beruhigt, und die reinste Demokratie eingerichtet.

Caput XIV.

Der König besucht die Einwohner. – Diogenes der Zweite.

Es traf sich um diese Zeit, daß der benachbarte König eine Reise vorhatte, und durch das Gebiet der Schildbürger gehn mußte. Die neuen Republikaner erfuhren den Tag, an welchem er kommen würde, und beschlossen, vor seinen Augen etwas Denkwürdiges auszurichten. Sie kamen also zusammen und wurden dahin einig, daß man ihm nicht die mindeste Ehre erweisen müsse, um ihm dadurch zu verstehn zu geben, daß sie ganz freie Männer wären. Ein Andrer schlug noch außerdem vor, daß es zu solchem Zwecke noch tauglicher sey, ihm gewissermaßen grob zu begegnen, damit er begriffe, daß sie keine Sklaven und Tyrannenknechte wären. Dieser Vorschlag gefiel außerordentlich und man las noch vorher einige Bücher, um sich recht in die Stimmung zu versetzen, die solchen freien Menschen ansteht.

Einem unter ihnen, den man für den witzigsten hielt, ward aufgetragen, sich als Nachahmer des griechischen Diogenes mitten auf dem Markt in einer Tonne häuslich niederzulassen, man wolle den König alsdann dorthin, als zum größten Philosophen, führen, und wenn er sich dann eine Gnade ausbitten dürfe, so solle er ebenfalls die Worte des Griechen wiederholen: Ich verlange nichts, als daß Du mir aus der Sonne gehst. – Dadurch sollte nun dem König recht in die Augen springen, welch ein armseliges Geschöpf er gegen einen freigebornen Schildbürger sey, und er würde, im innersten Herzen bewegt, dann auch wahrscheinlich die Worte Alexanders sagen: Wahrlich, wenn ich nicht ein König wäre, so möcht' ich ein Schildbürger seyn.

Die Bürger freuten sich sehr über ihre witzige Erfindung, und Jeder lernte ein paar ächtrepublikanische Reden auswendig, womit er gesonnen war, dem Könige zur Last zu fallen. Sehr Vieles wollten sie ihm über die angebornen Menschenrechte, über die ursprüngliche Freiheit und dergleichen vortragen, so daß sie vor Ungeduld den Tag seiner Ankunft kaum erwarten konnten.

Endlich erschien der Tag. Die Schildbürger waren vorbereitet, der Philosoph lag in seiner Tonne und repetirte unaufhörlich seinen philosophischen Spruch; die Sonne schien, es fehlte nichts mehr, als der König. Auch dieser kam endlich. Die Ersten, die mit ihm reden sollten, waren bei seinem Anblick so erschrocken und verwirrt, daß sie keinen tüchtigen Grundsatz und keine zureichende Tyrannen-verachtung in sich auftreiben konnten; sie standen stumm und verlegen da. Einige aber, die jünger und kecker waren, sahen die Beängstigung ihrer Brüder, und schämten sich, daß der Republik eine solche Schande zustoßen sollte; sie traten daher hinzu und wollten das Versehen ihrer Mitbürger wieder gut machen. Sie überhäuften den König mit unzusammenhängenden Grobheiten und Schimpfreden, der nicht begreifen konnte, warum ihm eine solche Ehre widerführe. Als er endlich von einigen der Aeltesten hörte, daß es nur geschähe, um ihre neue Freiheit zu probiren, daß es nur Edelmuth der Bürger verrathe, die sich vom Sklavensinn zu entfernen trachteten, und daß er es aus dieser Ursache nicht übel nehmen möchte, so fing er an, aus vollem Halse zu lachen. Die Schildbürger waren sehr vergnügt darüber, daß er über ihre republikanischen Gesinnungen eine solche Freude hatte, und fuhren nun in ihrer patriotischen Declamation um so eifriger fort.

Da der König gar keine Miene machte, nach dem Markte zu gehn, so fragten sie ihn, ob er gar nicht gesonnen sey, ihren merkwürdigsten Philosophen zu sehn, der dort in einer Tonne liege und fast göttlich zu nennen sey. Der König folgte ihnen und betrachtete den Mann, der sich mit vieler Mühe ein sehr wildes Ansehn gegeben hatte; er mußte von Neuem über die wunderlichen Gebehrden des Menschen lachen, und ein Schildbürger sagte: Nun seht Ihr, ich sagte es Euch wohl vorher, daß es Euch gefallen würde; er hat einen tüchtigen Kopf, und trefflich geschickt ist er in kurzen, tiefsinnigen Antworten. Ihr dürft ihn nur etwas fragen, und er wird Euch wahrhaftig schnell genug bedienen, denn er ist Einer von den Hellen, das versichre ich Euch, er kann manchmal Worte sagen, die man vor tiefem Sinn gar nicht versteht. Er wird Euch, mein Seel, gut abfertigen mit Eurer ganzen königlichen Würde, denn im Patriotismus versteht er keinen Spaß. Fühlt ihn nur auf den Zahn, so wird er Euch weisen, daß er Haare auf den Zähnen hat. Fragt ihn einmal zum Exempel, was er sich für eine Gnade von Euch ausbitten will.

Dem König fing die Zeit an lang zu werden, und er sagte daher: Nun, mein lieber Schildbürger, welche Gnade soll ich Dir gewähren? Sprich! Hierauf antwortete der gute Schildbürger: Gnädiger Herr König, schenkt mir tausend Thaler und ich bin mit den Meinigen auf immer glücklich. – Du sollst sie haben, sagte der König schnell, und ich sehe, Deine Mitbürger wissen Dich zu schätzen, denn Du bist wirklich der Weiseste in der Stadt.

Ach Du Bösewicht! riefen die Schildbürger aus, hältst Du so Dein Versprechen? Sind das die Antworten, die Du zu geben hast, Verräther? Herr König, wir schwören's Euch zu, aus der Sonne solltet Ihr ihm gehn, weiter war nichts unter uns abgeredet. Und deswegen haben wir Dir Flegel die Tonne machen lassen, in der Du so bequem, wie in einem Bette liegst? O Du Spitzbube! und wo bleibt denn nun das, daß er Dir aus der Sonne gehen soll?

Nun, hört nur die Narren, Herr König! rief Diogenes erzürnt aus. Aus der Sonne gehn, und es scheint jetzt keine Sonne, es hat sich zusammengezogen, als ob es regnen wollte. Nicht der Herr König, Ihr, meine eselhaften Mitbürger, steht mir im Lichte, und darum geht nur plötzlich fort, daß ich meine tausend Thaler in Ruhe empfangen kann. Meint Ihr denn, es soll unter Euch keinen einzigen vernünftigen Menschen mehr geben, weil Ihr in die Narrheit so vernarrt seyd?

Wir verbannen Dich aus dem Lande, riefen die Uebrigen.

Gut, sagte Diogenes, kommt, Herr König, gebt mir mein Geld und dann wollen wir die Narren hier sitzen lassen.

So endigte sich dieser merkwürdige Tag, und Diogenes war sehr froh darüber, daß er seine ihm aufgetragene Rolle so sinnreich verbessert hatte, er verließ das Land und der König setzte seine Reise fort, nachdem er über die Thorheit der Einwohner noch viel gelacht hatte.

Caput XV.

Berathschlagungen. – Seltsame, doch glückliche Vorbedeutung.

Die Schildbürger trieben nun ihr republikanisches Wesen immer fort, und fühlten sich sehr glücklich, daß ihre Freiheit durch nichts beschränkt wurde. An einem Morgen ging ein junger Schildbürger herum und bat die Uebrigen, sie möchten sich doch in ihren Rathskleidern auf der grünen Wiese versammeln, denn er habe ihnen etwas Wichtiges vorzutragen.

Alle kamen aus Neugier auf der Wiese zusammen und setzten sich in einen Kreis, die Füße durch einander geschlagen und die Köpfe gegen einander gekehrt, worauf derjenige, der den Rath berufen hatte, also anfing:

Meine Freunde, es ist ausgemacht, und Jeder von uns fühlt es, daß wir glücklich sind; dieses rührt aber blos von unsrer Verfassung her, indem wir die alte hergebrachte Ordnung umgekehrt haben. Sollen wir denn nun so neidisch seyn, sollten wir Alle ein so enges Herz haben, daß wir damit zufrieden sind, wenn wir uns nur allein glücklich fühlen? Nein, meine Mitbürger, das sey fern von uns. Der wirklich große und edle Mensch zeigt sich eben darin, daß er das Glück über den Erdkreis zu verbreiten trachtet, und sich dann im Glücke der Menschheit vollkommen glücklich fühlt. Darum verehren wir die Erfinder der nützlichen Künste und Wissenschaften, und nennen sie die Wohlthäter der Menschheit. Darum ist es von den Stiftern und Erfindern der Religionen groß und heilsam gewesen, ihre Religion und ihre Lehren auszubreiten, damit auch andere Menschen im Lichte wandeln konnten. Wer verübelt es den Königen, wenn sie mit Gewalt die Wohlfahrt ihrer Länder auch über andre, die ihnen nicht gehören, auszustreuen suchen? Die späteste Geschichte nennt ihre Namen noch mit Ehrfurcht, und legt ihnen den Beinamen der Großen bei. Diesen Beispielen laßt uns folgen.

Wir wollen unsre Verfassung auch über die benachbarten Länder erstrecken; der König muß abgesetzt werden, eben so, wie unser Bürgermeister abgesetzt ward, und er wird sich auch gewiß freiwillig dazu bequemen; das Volk muß getröstet und beglückt werden, und es wird uns auf den Knien danken.

Noch nie hatte ein Vorschlag bei den Schildbürgern so lauten Beifall gefunden; man wollte sogleich aufstehn und zum Werke schreiten, nur Pyrrho hielt sie noch zurück und rief: Haltet nur noch einen Augenblick ein, geliebte Mitbürger! wohin führt Euch ein edler, aber dennoch blinder Eifer? Wendet die Augen von der Wohlfahrt der Nationen ab, und seht auf Euch selbst.

Du widerräthst uns also diesen Vorschlag? riefen Alle.

Mit nichten, antwortete der weise Pyrrho, Ihr versteht mich falsch, nur seht für diesen Augenblick einmal hieher zur Erden, ich meine auf Eure Beine. Wir sitzen hier in einem runden Kreis, unsre Tracht ist ganz gleich, wie es Rathsherren ziemt; wollt Ihr nun wohl so unbesonnen seyn, und so rasch und plötzlich aufspringen? Könnte nicht, da unsre Beine Alle gleich aussehn, im Irrthum Einer des Andern Beine erwischen und so das Beinwesen der ganzen Bürgerschaft unter einander verwechselt werden? Ob es gleich Unrecht ist, von edeln Männern einen solchen Argwohn zu hegen, so fürcht' ich doch, daß diejenigen Füße, die mit Hühneraugen, oder diejenigen Beine, die vom Podagra geplagt sind, gar dahinten bleiben würden, und daß sich Keiner würde zu ihnen bekennen wollen. Es ist eben denjenigen, die von diesen Krankheiten leiden, auch nicht gar zu sehr zu verübeln, denn es liegt einmal das Bestreben in uns, daß wir uns Alle gern auf einen guten Fuß setzen wollen, wie man zu sagen pflegt. Laßt uns daher auf einen Anschlag sinnen, wie wir Alle unsre Beine wieder herauskriegen, und Jedem auch die rechten zu Theil werden, damit keinesweges res publica detrimenti capiat.

Sie saßen Alle still und dachten mit vielem Eifer nach. Keiner getraute sich zu bewegen, aus Furcht, plötzlich fremde Beine an sich zu ziehen, da sie alle so verwickelt waren; man dachte alle Hülfsmittel durch, aber es wollte sich gar nichts Heilsames ergeben.

Indem sie noch so im heftigen Rathschlagen saßen, zog ein Fremder vorüber, der einen tüchtigen Wanderstab in der Hand trug.

Sie riefen ihn zu sich, und erzählten ihm ihre verwickelte und verwirrte Lage mit den Beinen, und ob er, als ein gereister Mann, nicht vielleicht durch lange Erfahrung in fremden, weit entlegenen Ländern wundersame Mittel dagegen kennen gelernt habe; wenn es sey, so möchte er sie ihnen mittheilen, sie wollten auch zur Dankbarkeit ein gutes Stück Geld nicht zu sehr bedauern.

Der Reisende sah sie eine Zeitlang an, dann sagte er: Seht, meine bedauernswürdigen Freunde, diesen Stab, er ist in der geheimnißvollen Mitternacht, bei'm Schein des Vollmondes in der längsten Nacht, in Mesopotamien von einem eingeweihten heiligen Baume, durch einen achtzigjährigen Priester abgeschnitten. Dieser Priester hat ihn mir verehrt zum Schutz gegen meine Feinde, zur Beschirmung der Freunde; wollt Ihr mir nun ein gutes Trinkgeld geben, so denke ich Euch auch mit diesem bezauberten Zweige aus der Noth zu helfen.

Sie versprachen es, worauf er anfing, mit seinem Stocke auf ihre Beine zu schlagen, so daß Jeder erschrocken aufsprang und auf seinen Beinen stand. Ein Einziger, der nicht getroffen war, blieb sitzen und sagte: Lieber Gesell, warum wollet Ihr Euer Geld nicht auch an mir verdienen? Ich bitte, Ihr wollet mich nicht sparen, oder sind denn jene Beine dort etwa die meinigen? Der Fremde gab auch diesem einige Hiebe und er war auch mit Beinen versorgt, worauf er seine Danksagung empfing und fröhlich von dannen zog.

Hierauf gingen die Schildbürger gutes Muths nach ihrer Stadt zurück und Pyrrho sagte zu ihnen unterwegs: Diese Ineinanderschränkung der Beine ist für uns zweifelsohne von sehr guter Vorbedeutung, denn sie bedeutet unsre unzertrennliche Einigkeit, das Ineinanderfügen unsers Willens und unsrer Macht, und darum können wir uns auch einen glücklichen Ausgang unsers Unternehmens versprechen. Wir sind wie ein Bündel Pfeile, und ich mag Euch die schöne Fabel nicht noch einmal erzählen, die sich am lieblichsten von den holländischen Dukaten lesen läßt. Schließlich aber wollte ich Euch nur noch erinnern, daß es gut sey, wenn wir uns künftig mit den Beinen etwas mehr hüten, denn wenn eine ähnliche heilige Ruthe nicht in der Nähe ist, so könnte uns großer Schaden daraus erwachsen.

Unter derlei weisen Gesprächen kamen sie in ihre Häuser zurück.

Caput XVI.

Der Krieg angekündigt. – Enthusiasmus der Bürger.

Auf allgemeine Beistimmung ward nunmehr eine Gesandtschaft an den benachbarten König erlassen, als er von seiner Reise in sein Reich zurückgekehrt war. Das Ansuchen der Schildaschen Gesandten bestand darin, der König möchte ohne weitere Umstände den Thron räumen, und seine Unterthanen frei und glücklich machen, oder man würde ihn durch die dahin passenden Mittel zu zwingen wissen. Der König lachte und fragte, wie sie an dieses Begehren gerathen wären, worauf die Abgesandten erklärten, daß sie im Namen der ganzen Menschheit das Wort führten, daß sie dahin trachten würden, daß die ganze Menschheit das Glück genösse, das sie selber nunmehr errungen hätten. Der König gab ihrem thörichten Ansinnen keine bestimmte Antwort, und so zogen sie nach ihrer Stadt zurück.

Die Einwohner beschlossen sogleich, dem halsstarrigen Könige den Krieg anzukündigen, damit er durch die Gewalt der Waffen gezwungen würde, ihnen nachzugeben. Es ward ein Herold abgefördert, der dem Monarchen den Zorn der Schildbürger ansagen mußte, und daß er auf eine Gegenwehr denken möchte.

In Schilda selbst war Alles im größten Enthusiasmus, Weiber und Kinder redeten sogar auf den Gassen von diesem Kriege, man sah nichts als patriotische Bemühungen, denn hier sah man den Einen sein Gewehr putzen, ein Anderer bemühte sich, einen uralten, eingerosteten Säbel aus der Scheide zu ziehen, dort stand ein Anderer und zeichnete mit einem Stabe den Plan zum Feldzuge im Sande.

Wie sehr die Schildbürger ihr Vaterland liebten, davon kann nachfolgende Geschichte von einem Müller zum Beweise dienen. Dieser ritt um dieselbe Zeit in Geschäften an die Gränze des Landes; da hörte er auf einem Baume einen schildbürger Kukuk, der mit einem königlichen Kukuk im Wettgesange begriffen war. Der Müller merkte sehr bald, daß sein Kukuk den Kürzern ziehe, und der königliche dem schildbürgerischen in Rufen überlegen war. Dies verdroß ihn in die Seele, daß ein Fremder so sein Vaterland verspotten sollte; er stieg also von seinem Pferde ab und auf den Baum hinauf und half seinem Kukuk so lange rufen, bis der Royalist überwunden war und das Feld räumen mußte.

Als der Schildbürger mit dem fremden Kukuk im hitzigsten Treffen lag, nahm ein Wolf, der gar nicht patriotisch gesinnt war, die gute Gelegenheit in Acht, und fraß das Pferd des Müllers auf, so daß er nach gewonnener Schlacht zu Fuß nach seiner Vaterstadt zurückkehren mußte. Hier erzählte er den ganzen Vorfall, und die Bürger freueten sich seines Eifers; sie schenkten ihm ein neues Pferd, und verehrten ihm außerdem eine Bürgerkrone von Eichenlaub.

Caput XVII.

Einrichtung der Schulen zum Besten des Vaterlandes.

Es sahen die Schildbürger aber sehr wohl ein, daß nicht bloß kräftige Arme und geschliffene Schwerter der Sache den Ausschlag geben würden, sondern daß Kriegeswissenschaft und Staatskunst, so wie die übrigen Wissenschaften, in ihrer jetzigen Lage fast unentbehrlich wären. Sie nahmen daher in der Eil eine Reform der Schulen vor, um schnell noch große Männer zu erziehen, die dem Vaterlande und der Menschheit Nutzen brächten.

Die Jugend ward daher zusammengetrieben und mußte Tag und Nacht in den Lehrstunden aushalten; da gab es keine einzige Wissenschaft, über die nicht etwas Weniges wäre gelehrt worden und von der die Schüler nicht etwas begriffen hätten. Um das ganze Werk desto schneller umzutreiben, hatte man den Staatskniff gebraucht, auch unwissende Leute zu Lehrern anzusetzen, damit diese doch eine

Gelegenheit fänden, von denen Sachen etwas zu lernen, über die sie Unterricht ertheilten.

Man sah auch bald die Früchte dieser weisen Einrichtung. Es war kein zehnjähriger Knabe in Schilda, der nicht auswendig herzusagen wußte, was Menschheit und Aufklärung sey, warum die Monarchie zu verwerfen, die Republiken im Gegentheil anzuempfehlen seyen, was Bürgerpflicht auf sich habe, und dergleichen mehr. In Quinta urtheilte man über die großen Heroen des Alterthums ab, und in Quarta fing man schon an, die Existenz Gottes und der Tugend zu bezweifeln. Dann fing man schnell an verliebt zu werden und Metaphysik zu treiben, und so wurde man zwar nach und nach, aber doch immer schnell genug, ein heller Kopf und großer Mann. Ja, als die Zeit am Ende so genau zugeschnitten war, daß man jede Minute sparen mußte, so brachte ein Vater manchmal seinen Sohn in die Schule, und wenn er ihn nicht abmüßigen konnte, wartete er indessen draußen eine halbe Stunde, bis er ihn als vollendeten Gelehrten zurückempfing.

Man hatte, um dieses durchzusetzen, eine sehr heilsame Encyklopädie der Encyklopädie erfunden, die kompendiöseste Bibliothek aus der kompendiösen Bibliothek. Wenn man einen jungen Menschen in die Lehre bekam, so brachte man ihm zu allererst eine große Verachtung gegen viele Wissenschaften bei, dann ein festes Zutrauen zu sich selber, und den Glauben, daß die übrigen Menschen nur Dummköpfe gegen ihn wären, war diese Medicin vorangeschickt, so ward es einem solchen nachher leicht, es bis zu einer merklichen Originalität zu treiben, um nach wenigen Wochen ein fast zu großer und genievoller Mann zu werden.

Dies ist die Auflösung von dem, was Vielen als ein Räthsel, oder gar als eine fabelhafte Tradition vorgekommen ist, daß man nämlich in der Schule zu Schilda Alles, und zwar in einer sehr kurzen Zeit, habe erlernen können.

Caput XVIII.

Krieg. – Flucht der Schildbürger.

Die Zeit war nunmehr gekommen, da alle Vorbereitungen sollten gebraucht und dadurch auf die Probe gesetzt werden. Die Schildbürger zogen bewaffnet und mit vielem Muthe aus und rückten in das Gebiet des Königs. Dieser hatte sich eines so schleunigen Ueberfalls nicht versehen, und schickte ihnen einige Mann von seiner Wache entgegen; an einem Graben kam es zum Treffen. Die Schildbürger ließen ihre muntern Trompeten blasen, und fühlten dadurch eine große Lust zum Kriege in sich. Als aber die Armeen handgemein wurden, verließ die Schildbürger der Muth, sie flohen alle schnell zurück, ohne daß sie das Zeichen zum Zurückzuge abgewartet hätten.

Caput XIX.

Berathschlagung und Entschluß.

Als sie nun wieder in ihrer Stadt waren und sahen, daß sie vom Feinde nicht verfolgt wurden, kamen sie Alle zusammen, um zu berathschlagen, was nunmehr zu thun sey.

Meine Freunde, fing ein bejahrter Einwohner an, ich sehe jetzt ein, daß wir bei weitem größere Staatsmänner als Soldaten sind. Wenn wir daher unsern großen, schönen, zum Wohl der ganzen Menschheit abzweckenden Entschluß durchsetzen wollen, so müssen wir einen andern Weg einschlagen. Hier sind wir nun nicht mehr sicher, auch scheint es mir nach diesem ersten Versuche nicht rathsam, die Welt durch die Gewalt unsrer Waffen zu bekehren, aber es ist gut, daß uns noch mehrere Wege offen bleiben. Wir waren schon ehemals weit umher zerstreut und verbreitet, indem uns Fürsten und Herren als nützliche Staatsmänner zu sich riefen, ohne daß irgend Jemand uns rufte; wollen wir uns jetzt eben so in der Welt ausstreuen, und wo einer von uns hinfällt, da wird er bald wuchern und Früchte tragen und ringsum seine Weisheit und Tugend verbreiten. So können wir nützen, ohne jene gewaltsame Mittel zu ergreifen, und so kann sich füglich die

Welt am Ende nach uns bequemen, so daß dann unsere Verfassung und unsere Lehren, so wie unsere Geschichte, die Verfassung, Lehre und Geschichte der Menschheit wird.

Man fiel ihm bei; die Schildbürger nahmen Abschied von einander und Jeder suchte sich eine Stadt oder Gegend aus, in die er wanderte, um dort zu wirken.

Schilda ist seitdem verfallen und auch keine Ruinen sagen uns mehr, wo es gestanden hat. So vergänglich ist die menschliche Größe und Alles erreicht sein Ende, so geht es auch Dir, geliebter Leser, wie mir mit dieser Geschichte, und darum wende ich mich schnell zum letzten, oder zwanzigsten Kapitel.

Caput XX.

Beschluß und Nutzanwendung.

Seit jener Zeit ist die Nachkommenschaft der Schildbürger in der ganzen bewohnten Welt ausgebreitet. Man weiß kein Amt, in das sie sich nicht eingeschlichen hätten, keine Einrichtung, an der nicht einer von ihnen Theil genommen hätte. In Akademien, auf Universitäten, in den Collegien, auf den Richterstühlen treiben sie ihr Wesen und suchen die übrige Welt nach sich zu bequemen. Sie verschmähen keinen Stand, sondern suchen sich in jedem häuslich niederzulassen. Solltest Du, lieber Leser, auch einer von diesen Nachkommen seyn, so hoffe ich, Du erkennst meine Bemühungen in dieser Geschichtserzählung mit Dank.

Ich will nur noch aus dem Ganzen eine kleine Nutzanwendung ziehn, und dann den Lesern gute Nacht sagen. Daß man sich nämlich vor der Thorheit eben so gut, wie vor den Eroberern hüten müsse; man erlaubt ihnen nur einen Durchzug, und sie nehmen gleich das ganze Land auf immer in Besitz. Man kann fast nicht denken, ich will heute einmal ein Narr seyn! ohne es auch morgen und übermorgen, ja die ganze Woche hindurch zu bleiben. Ahme daher, lieber Leser, die Vorsichtigkeit der Stadt Hamburg nach, die nach Sonnenuntergang ihre Thore verschlossen hält, und kaum noch fremde Briefe annimmt, weil sie Verräther seyn könnten. Hüte Dich eben so vor jedem fremden, thörichten Gedanken, laß ihn in der Ferne stehen und nicht in Deine Mauern kommen, wenn nicht an Deinem Himmel die Sonne der gesunden Vernunft steht; leide es nicht, wenn die Leidenschaften und Launen heimlich oder mit Gewalt die Thore aufmachen wollen.

Ein Nachkomme der Schildbürger wird über meine Furcht vor der Narrheit lächeln, weil sie das Lieblichste ist, was er kennt, die Würze und das Salz des Lebens. Mag er es thun, ich habe wenigstens nach meiner Ueberzeugung gehandelt und Jeglichen gewarnt.

Titelliste Taschenbuch-Literatur-Klassiker

Bd. 1 *Abenteuer und Fahrten des Huckleberry Finn*, Mark Twain, Bd. 2 *Andersens Märchen*, Hans Christian Andersen, Bd. 3 *Anton Reiser*, Karl Philipp Moritz, Bd. 4 *Aus dem Leben eines Taugenichts*, Joseph Freiherr v. Eichendorff, Bd. 5 *Bahnwärter Thiel*, Gerhard Hauptmann, Bd. 6 *Bambi Eine Lebensgeschichte aus dem Walde*, Felix Salten, Bd. 7 *Bauern, Bonzen und Bomben*, Hans Fallada, Bd. 8 *Bel Ami*, Guy de Maupassant, Bd. 9 *Bergkristall*, Adalbert Stifter, Bd. 10 *Candide oder der Optimismus*, Voltaire, Bd. 11 *Caspar Hauser oder Die Trägheit des Herzens*, Jakob Wassermann, Bd. 12 *Dantons Tod*, Georg Büchner, Bd. 13 *Das Bildnis des Dorian Grey*, Oscar Wilde, Bd. 14 *Das Dschungelbuch*, Rudyard Kipling, Bd. 15 *Das Fräulein von Scuderi*, ETA Hoffmann, Bd. 16 *Das Gemeindekind*, Marie v. Ebner-Eschenbach, Bd. 17 *Das Heptameron*, *Margarete v. Navarra*, Bd. 18 *Märchenbriefbuch der heiligen Nächte*, Max Dauphtendey, Bd. 19 *Das Marmorbild*, Joseph v. Eichendorff, Bd. 20 *Das Schloss*, Franz Kafka, Bd. 21 *Das Urteil*, Franz Kafka, Bd. 22 *David Copperfield*, Charles Dickens, Bd. 23 *Der abenteuerliche Simplizissimus*, Grimmelshausen, Bd. 24 *Der arme Spielmann*, Franz Grillparzer, Bd. 25 *Der eingebildete Kranke*, Moliere, Bd. 26 *Der ewige Spießer*, Ödön v. Horváth, Bd. 27 *Der Fürst*, Nocolò Machiavelli, Bd. 28 *Der Glöckner von Notre Dame*, Victor Hugo, Bd. 29 *Der goldene Esel*, Apuleius, Bd. 30 *Der goldene Topf*, ETA Hoffmann, Bd. 31 *Der Graf von Monte Christo*, Alexandre Dumas, Bd. 32 *Der grüne Heinrich*, Gottfried Keller, Bd. 33 *Der kleine Häwelmann und andere Märchen*, Theodor Storm, Bd. 34 *Der kleine Lord*, Frances Hodgson Burnett, Bd. 35 *Der letzte Mohikaner*, James Fenimore Cooper, Bd. 36 *Der Prozess*, Franz Kafka, Bd. 37 *Der Sandmann*, ETA Hoffmann, Bd. 38 *Der Schimmelreiter*, Theodor Storm, Bd. 39 *Der Schuss von der Kanzel*, Conrad Ferdinand Meyer, Bd. 40 *Der Seewolf*, Jack London, Bd. 41 *Der seltsame Fall des Dr. Jekyll und Mr. Hyde*, Robert Louis Stevenson, Bd. 42 *Der Stechlin*, Theodor Fontane, Bd. 43 *Der Sturmheidhof (Sturmhöhe)*, Emily Brontë, Bd. 44 *Der Tor und der Tod*, Hugo v. Hofmannsthal, Bd. 45 *Der Weg ins Freie*, Arthur Schnitzler, Bd. 46 *Der zerbrochene Krug*, Heinrich v. Kleist, Bd. 47 *Deutsches Märchenbuch*, Ludwig Bechstein, Bd. 48 *Deutschland. Ein Wintermärchen*, Heinrich Heine, Bd. 49 *Die Abenteuer der sieben Schwaben*, Ludwig Aurbacher, Bd. 50 *Die Burg von Otranto*, Horace Walpole, Bd. 51 *Die drei Musketiere*, Alexandre Dumas, Bd. 52 *Die Elixiere des Teufels*, ETA Hoffmann, Bd. 53 *Die Geschichte meines Lebens*, Georg Ebers, Bd. 54 *Die Insel Felsenburg*, Johann Gottfried Schnabel, Bd. 55 *Die Judenbuche*, Annette v. Droste-Hülshoff, Bd 56. *Die Kameliendame*, Alexandre Dumas, Bd. 57 *Die Kartause von Parma*, Stendhal, Bd. 58 *Die Kreutzersonate*, Lew Tolstoi, Bd. 59 *Die Leiden des jungen Werther*, Johann Wolfgang v. Goethe, Bd. 60 *Die Leute von Seldvyla I*, Gottfried Keller, Bd. 61 *Die Leute von Seldvyla II*, Gottfried Keller, Bd. 62 *Die Marquise*, George Sand, Bd. 63 *Die Marquise von O.*, Heinrich v. Kleist, Bd. 64 *Die Memoiren der Fanny Hill*, John Cleland, Bd. 65 *Die Ratten*, Gerhard Hauptmann, Bd. 66 *Die Räuber*, Friedrich v. Schiller, Bd. 67 *Die Regentrude*, Theodor Storm, Bd. 68 *Die Reisen des Baron zu Münchhausen*, Bd. 69 *Die Schatzinsel*, Robert Louis Stevenson, Bd. 70 *Die Verlobten*, Allessandro Manzoni, Bd. 71 *Die Verwandlung*, Franz Kafka, Bd. 72 *Die Verwirrungen des Zöglings Törleß*, Robert Musil, Bd. 73 *Die Waffen nieder*, Berta von Suttner, Bd. 74 *Die Wahlverwandtschaften*, Johann Wolfgang v. Goethe, Bd. 75 *Don Carlos*, Friedrich v. Schiller, Bd. 76 *Eduards Traum*, Wilhelm Busch, Bd. 77 *Effi Briest*, Theodor Fontane, Bd. 78 *Egmont*, Johann Wolfgang v. Goethe, Bd. 79 *Ein Held unserer Zeit*, Michail Lermontoff, Bd. 80 *Einsichten und Ausblicke*, Gerhard Hauptmann, Bd. 81 *Emilia Galotti*, Gottold Ephraim Lessing, Bd. 82 *Erinnerungen aus galanter Zeit*, Giacomo Casanova, Bd. 83 *Erzählungen*, Wilhelm Busch, Bd. 84 *Es waren zwei Königskinder*, Theodor Storm, Bd. 85 *Essays*, Michel de Montaigne, Bd. 86 *Franz Sternbalds Wanderungen*, Ludwig Tieck, Bd. 87 *Fräulein Else*, Arthur Schnitzler, Bd. 88 *Frühlings Erwachen*, Frank Wedekind, Bd. 89 *Gedanken*, Blaise Pascal,

Bd. 90 *Gefährliche Liebschaften*, Pierre-Ambroise-François Choderlos de Laclos, Bd. 91 *Gegen den Strich*, Joris-Karl Huysmany, Bd. 92 *Geschichte des Fräuleins von Sternheim*, Sophie v. La Roche, Bd. 93 *Geschichte vom braven Kasperl und dem Annerl*, Clemens Brentano, Bd. 94 *Geschichten aus dem Wienerwald*, Ödön v. Horváth, Bd. 95 *Glanz und Elend der Kurtisanen*, Honore de Balzac, Bd. 96 *Glück und Unglück der berühmten Moll Flanders*, Daniel Defoe, Bd. 97 *Götz von Berlichingen*, Johann Wolfgang v. Goethe, Bd. *98 Gullivers Reisen*, Jonathan Swift, Bd. *99 Heidis Lehr und Wanderjahre*, Johann Spyri, Bd. 100 *Heinrich von Ofterdingen*, Novalis, Bd. 101 *Hiob Roman eines einfachen Mannes*, Joseph Roth, Bd. *102 Immensee*, Theodor Storm, Bd. 103 *Iphigenie auf Tauris*, Johann Wolfgang v. Goethe, Bd. 104 *Italienische Märchen*, Clemens Brentano, Bd. 105 *Ivannhoe*, Walter Scott, Bd. 106 Jahrmarkt der Eitelkeiten, William Makepaece Thackeray, Bd. 107 *Jane Eyre*, Charlotte Brontë, Bd. 108 *Jugend ohne Gott*, Ödön v. Horvath, Bd. 109 *Jürg Jenatsch*, Conrad Ferdinand Meyer, Bd. 110 *Kabale und Liebe*, Friedrich v. Schiller, Bd. 111 *Kasimir und Karoline*, Ödön v. Horvath, Bd. 112 *Kinder- und Hausmärchen*, Gebrüder Grimm, Bd. 113 *Kleiner Mann, was nun*, Hans Fallada, Bd. 114 *König Alkohol*, Jack London, Bd. 115 *Krambambuli*, Marie Ebner-Eschenbach, Bd. 116 *Lausbubengeschichten*, Ludwig Thoma, Bd. 117 *Lavinia - Pauline - Kora*, George Sand, Bd. 118 *Leben und Lüge*, Detlev von Liliencron, Bd. 119 *Lebensansichten des Katers Murr*, ETA Hoffmann, Bd. 120 *Lenz. Der hessische Landbote*, Georg Büchner, Bd. 121 *Lieutenant Gustl*, Arthur Schnitzler, Bd. 122 *Lord Jim*, Joseph Conrad, Bd. 123 *Luise*, Johann Heinrich Voß, Bd. 124 *Madame Bovary*, Gustave Flaubert, Bd. 125 *Märchen*, Wilhelm Hauff, Bd. 126 *Maria Stuart*, Friedrich v. Schiller, Bd. 127 *Max Havelaar*, Multatuli, Bd. 128 *Meister Floh*, ETA Hoffmann, Bd. 129 *Michael Kohlhaas*, Heinrich v. Kleist, Bd. 130 *Minna von Barnhelm*, Gotthold Ephraim Lessing, Bd. 131 *Moby Dick*, Hermann Melville, Bd. 132 *Nathan, der Weise*, Gotthold Ephraim Lessing, Bd. 133-1 und 133-2 *Nils Holgersson wunderbare Reise*, Selma Lagerlöf, Bd. 134 *Niels Lyne*, Jens Peter Jacobsen, Bd. 135 *Nußknacker und Mausekönig*, ETA Hoffmann, Bd. 136 *Oliver Twist*, Charles Dickens, Bd. 137 *Onkel Toms Hütte*, Herriett Beecher Stowe, Bd. 138 *Peter Schlemihls wundersame Geschichte*, Adalbert v. Chamisso, Bd. 139 *Peterchens Mondfahrt*, Gerdt v. Bassewitz, Bd. 140 *Pinocchio*, Carlo Collodi, Bd. 141 *Reinecke Fuchs*, Johann Wolfgang v. Goethe, Bd. 142 *Rheinmärchen*, Clemens Brentano, Bd. 143 *Rinaldo Rinaldini*, Christian August Vulpius, Bd. 144 *Robinson Crusoe*; Daniel Defoe, Bd. 145 *Romeo und Julia*, William Shakespeare Bd. 146 *Schach von Wuthenow*, Theodor Fontane, Bd. 147 *Schachnovelle*, Stefan Zweig, Bd. 148 *Schatzkästlein des rheinischen Hausfreundes*, Johann Peter Hebel, Bd. 149 *Schelmuffskys Reisebeschreibung*, Christian Reuter, Bd. 150 *Schloss Gripsholm*, Kurt Tucholsky, Bd. 151 *Siebenkäs*, Jean Paul, Bd. 152 *Sternstunden der Menschheit*, Stefan Zweig, Bd. 153 Tao te king, Laotse, Bd. 154 *Till Eulenspiegel*, Hermann Bote, Bd. 155 *Tolldreiste Geschichten*, Honorè de Balzac, Bd. 156 *Tom Jones, Geschichte eines Findelkindes*, Henry Fielding, Bd. 157 *Tom Sawyers Abenteuer und Streiche*, Mark Twain, Bd. 158 *Troquato Tasso*, Johann Wolfgang v. Goethe, Bd. 159 *Traumnovelle*, Arthur Schnitzler, Bd. 160 *Trost der Philosophie*, Boethius, Bd. 161 *Über den Umgang mit Menschen*, Adolph Freiherr v. Knigge, Bd. 162 *Uli der Knecht*, Jeremias Gotthelf, Bd. 163 *Uli der Pächter*, Jeremias Gotthelf, Bd. 164 *Ungeduld des Herzens*, Stefan Zweig, Bd. 165 *Ut oler Welt*, Wilhelm Busch, Bd. 166 *Vater Goriot*, Honorè de Balzac, Bd. *167 Väter und Söhne*, Ivan Sergejeviç Turgenev, Bd. 168 *Verlorene Illusionen*, Honorè de Balzac, Bd. 169 *Von der Freiheit eines Christenmenschen*, Martin Luther – Bd. 170 *Von der Ursache, dem Prinzip und dem Einen*, Bruno Giordano, Bd. 171 *Vor Sonnenuntergang*, Gerhard Hauptmann, Bd. 172 *Walden oder Leben in den Wäldern*, Henry D. Thoreau, Bd. 173 *Wilhelm Meisters Lehrjahre*, Johann Wolfgang v. Goethe, Bd. 174 *Wilhelm Meisters Wanderjahre*, Johann Wolfgang v. Goethe, Bd. 175 *Wilhelm Tell*, Friedrich v. Schiller

Von demselben Autor/Herausgeber sind bei BOD bereits erschienen:

Alle Tage Feiertage
ISBN 978-3-7386-0409-2, 280 S.
Allerlei Anlässe zum Aktionieren, Feiern und Gedenken

100 Kinderlieder
ISBN 978-3-7322-3024-2, 112 S.
100 Kinderlieder, altbekannt und immer wieder gern gesungen

Liederbuch (Deutsche Volkslieder)
ISBN 978-3-8423-6702-9, 312 S.
300 Volkslieder aus 8 Jahrhunderten und aller Herren Länder

Sagen und Erzählungen aus Marburg und Oberhessen
ISBN 978-3-7347-8909-0 , 164 S.
Allerlei Schwänke und Geschichten aus dem Marburger Land

Tausenderlei über die Freiheit
ISBN 978-3-7322-9721-4, 140 S.
Mehr als 1000 Zitate, Bonmots und Aphorismen über die Freiheit

Tausenderlei über das Glück
ISBN 978-3-7322-5525-2, 160 S.
Mehr als 1000 Zitate, Bonmots und Aphorismen über das Glück

Tausenderlei über die Liebe
ISBN 978-3-8423-7474-4, 140 S.
Mehr als 1000 Zitate, Bonmots und Aphorismen zum Thema Nr. Eins

Weihnachtsgedichte– Verse, Reime und Gedichte zum Fest
ISBN 978-3-7347-6393-9, 352 S.
290 Werke bekannter und unbekannter Dichter zum Weihnachtsfest

Weihnachtsgeschichten - Erzählungen und Märchen
ISBN 978-3-7347-6404-2, 392 S.
85 kurze und lange Texte zur Weihnachtszeit

Weihnachtsgeschichten 2
ISBN 978-3-7481-7533-9, 360 S.
35 kürzere und längere Geschichten zur Weihnacht

100 Weihnachtslieder
ISBN 978-3-7322-3375-5, 112 S.
100 Weihnachtslieder aus der Heimat und der ganzen Welt

Lob und Tadel an tessitore@web.de